MALARIUS VOYNICH

FROGNAL LANE - LONDON

NON SI
COMANDA

Romanzo di

M. VOYNICH

EL SEÑOR DE LOS RAYOS

ULYSSES MOORE

Traducción de
María Lozano

Montena

Título original: *Il Maestro di Fulmini*
Publicado por acuerdo con Edizioni Piemme, S.p.A.
Adaptación del diseño de la cubierta: Random House Mondadori/Judith Sendra

Todos los nombres, los personajes e indicaciones relativas contenidas en este libro, copyright de Edizioni Piemme S.p.A., son licencia exclusiva de Atlantyca S.p.A. en su versión original. Su traducción y/o adaptación son propiedad de Atlantyca S.p.A. Todos los derechos reservados.

Primera edición: marzo de 2010

© 2009, Edizioni Piemme S.p.A., via Tiziano 32. 20145 Milán, Italia.
© 2010, de la presente edición en castellano para todo el mundo:
    Random House Mondadori, S. A.
    Travessera de Gràcia, 47-49. 08021 Barcelona
Derechos Internacionales © Atlantyca S.p.A., via Leopardi 8. 20123 Milán, Italia
foreignrights@atlantyca.it   www.atlantyca.com
© 2010, María Lozano Zahonero, por la traducción
Texto de Pierdomenico Baccalario
Diseño de cubierta e ilustraciones del interior de Iacopo Bruno

Printed in Spain - Impreso en España

ISBN: 978-84-8441-587-9
Depósito legal: B-4.269-2010

Compuesto en Fotocomposición 2000, S. A.

Impreso y encuadernado en Industrias Gráficas Printer
Crta. Nacional II, km 600
08620 Sant Vicenç dels Horts

GT 1 5 8 7 9

Capítulo 1
Las **CAJAS** *de las* **AVENTURAS**

El edificio era alto y estrecho. Las ventanas estaban ilumina-
das y la verja de hierro forjado que daba a la calle, entrecerrada. Las nubes escondían las estrellas haciendo que el tejado puntiagudo y las claraboyas de la buhardilla tuvieran
un aspecto insólitamente amenazador. La calle a la que aso-
maba la casa era una calle empedrada, flanqueada por una
procesión ininterrumpida de coches aparcados. Un poco
más allá había una pequeña iglesia protestante. Después, la
calle descendía hasta el Támesis.

Las aguas del río tenían el mismo color del asfalto.

Con un parpadeo de faros, un taxi frenó y se detuvo justo delante de la verja.

La puerta izquierda del taxi se entreabrió.

—¿Está seguro de que es esta la dirección?

La puerta se abrió un poco más para que el pasajero del vehículo pudiera echar una ojeada a su alrededor. En ese momento, como respondiendo a una llamada, una figura se recortó de la sombra de un seto y se acercó.

—Bienvenido, señor Voynich —saludó con una voz estridente.

La mano apoyada en la puerta del coche lucía un vistoso anillo de oro.

—Espéreme aquí —ordenó el señor Voynich al taxista. Dejó que el recién llegado le abriera la puerta y bajó del taxi.

La figura que lo había saludado dio medio paso atrás. Tendió la mano, pero la retiró enseguida porque se acordó de que el señor Voynich no daba nunca la mano a nadie. Esperó a que el Incendiario se pusiera el bombín y dirigiera la punta del paraguas hacia el suelo.

—Un sitio horrible —comentó el señor Voynich, mirando a su alrededor.

—¿Usted cree? Es uno de los barrios residenciales más…

Giró el paraguas en el aire.

—¡Puaj! ¡Arquitectura burguesa llena de ornamentos superfluos! Los ornamentos no resguardan de la lluvia o del frío. Vamos adentro. A ver qué nueva invención inútil tenemos esta vez…

La figura le abrió paso hasta la verja abierta.

—Se trata de las obras del joven Farrinor… —susurró, dándole una tarjeta de visita en la que estaba escrito:

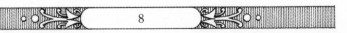

Hopper Farrinor
~ Cajas de las aventuras ~

—¿Y?

—Las calificaría de interesantes.

Otra vuelta en el aire al paraguas.

—«Interesantes.» Eso es ya una declaración de guerra.

—Lo podrá juzgar usted mismo, señor Voynich.

La figura cruzó la verja y pasó al lado de la pequeña farola que alumbraba el jardín. Era un hombrecillo con un traje de chaqueta negro, una impecable corbata oscura y un bombín idéntico al de Malarius Voynich.

—Farrinor nos espera en el salón. Ha preparado un té… —explicó.

—Yo no tomo té. Solo ruibarbo.

Los dos hombres entraron en casa sin añadir ni una palabra más. Atravesaron un elegante vestíbulo con un perchero vacío y se dirigieron al salón, donde Farrinor, que estaba sentado en el sofá, se puso inmediatamente de pie, como impulsado por un resorte.

—¡Señor Voynich! —dijo con la voz vibrante de emoción—. Quién podía imaginar que un día tendría el honor de…

Malarius Voynich se quitó el bombín y apoyó el paraguas en una mesa sin dejar de examinar la habitación.

—Ahórrese las fórmulas de bienvenida, Farrinor. Los dos sabemos cuál es el motivo de mi visita.

Farrinor era un hombre muy delgado.

—Naturalmente. El crítico literario más importante del mundo no pierde el tiempo con ceremonias.

—Exacto. Así que, veamos, ¿dónde están sus obras?

—En la mesa, justo delante de usted —respondió Farrinor—. Las he llamado cajas de las aventuras.

Malarius Voynich hizo un gesto a su compañero sonriendo sardónicamente.

—Modesto, ¿verdad?

Sin esperar respuesta, fue hasta la mesa y examinó los extraños objetos que estaban alineados encima. Eran una especie de libros de distintos tamaños, solo que en lugar de estar hechos de papel estaban enteramente hechos de madera. Dio vueltas entre las manos a un ejemplar de *Viaje volante de la familia Ventosa*, admirando su manufactura delicada. Con un pequeño clic, el libro de madera se abrió, dejando ver en su interior páginas escritas e ilustraciones semejantes a las de las viejas postales.

—¿Ha visto, señor Voynich? Del papel a la madera… y de la madera al papel… en una especie de recorrido hacia atrás en el tiempo, en una espiral concéntrica de la imaginación. El papel como evocación de la materia prima de la escritura, de los fundamentos del arte de la narración. La madera para proteger la imaginación y…

—… para hacer un buen fuego —concluyó Malarius Voynich secamente.

Farrinor se sobresaltó imperceptiblemente.

—Ah, sí, sí: la madera para hacer un buen fuego, un fuego que caliente el corazón…

Malarius Voynich movió las manos impaciente.

—¡Pero, por favor! ¿Quiere dejarse de teorías artistoides? ¡Cuando digo fuego, quiero decir fuego! Fuego que quema, que destruye lo inútil y lo convierte en una nube de cenizas —dijo, dirigiendo una mirada torva a los libros de madera alineados sobre la mesa.

—Mis cajas de las aventuras no le gustan…

—Al contrario, Farrinor. Las encuentro francamente… originales.

Tamborileó con los dedos en la portada de otro libro titulado *La Ciudad Viajera*. Lo cogió y lo abrió: dentro había unas páginas escritas, una brújula y un compás.

—¿Ha oído el chirrido de la portada? —preguntó a media voz Farrinor—. Lo he añadido para dar una impresión de misterio. Y después, naturalmente, la brújula, para guiar a los lectores que quieran emprender la búsqueda de la Ciudad Viajera.

Malarius Voynich cerró el libro de golpe.

—¡Basta! —gritó—. ¿Estos son los únicos ejemplares que existen?

—Sí. Están todos hechos a mano.

—Perfecto. —Voynich empezó a caminar arriba y abajo del salón, examinando hasta el más mínimo detalle—. Por lo que veo le gusta viajar ¿verdad, Farrinor?

—Oh, sí, es una pasada…

El tercer hombre presente en el salón dejó escapar una tosecita.

—Perdón, quería decir que sí, muchísimo, señor Voynich. Siempre que puedo, señor Voynich. Siempre que puedo.

Malarius Voynich se detuvo ante una máscara africana colgada encima de la chimenea encendida.

—Dogón —precisó Farrinor.

—¿Perdón?

—La máscara que tiene delante es una máscara ritual dogón. Un pueblo de África central que…

Malarius Voynich se dio la vuelta.

—¿Me está tomando el pelo, Farrinor? Yo no viajo. Odio viajar. Viajar quiere decir incomodidades, imprevistos, aproximación. Una pérdida de tiempo. Y yo no tengo tiempo que perder. Sobre todo ahora que tengo que controlar a tipos como usted. Pero hay una cosa que me ha sorprendido favorablemente, tengo que ser sincero. No es todo una invención. Dentro de esas cajas de madera no hay solo… palabras, sino también objetos. Objetos concretos. Usted juega con la realidad.

—¡Exacto, señor Voynich! —exultó Farrinor—. ¡Yo no habría sabido expresarlo mejor! Yo juego con la realidad. Mi idea es transformar una historia de aventuras en…

—¡Su idea, su idea! ¿Y la llama usted idea? —preguntó Malarius Voynich, furibundo—. ¿Cuántos años tiene usted, Farrinor?

—Veintidós la próxima semana.

—¡Pues eso! ¿Cree de verdad que se puede tener una idea a los veintidós años? ¿Que se puede… escribir y esculpir y jugar con la realidad… a los veintidós años?

—Yo…

El paraguas de Malarius Voynich se alzó silbando hasta colocarse a pocos centímetros de la nariz de Farrinor.

—¿No sabe usted, amigo mío, que con la realidad no se juega?

Bajó el paraguas. El feroz crítico de arte giró sobre sus talones y recuperó su bombín, saliendo precipitadamente del salón.

—Sígame, Farrinor.

—¿Adónde vamos?

—¡Muévase! —rugió el crítico, saliendo a la húmeda noche londinense.

Se detuvo solo un instante y se volvió hacia el tercer hombre que los había acompañado afuera.

—Convincente y terriblemente soñador. Incluya su nombre en la lista de los Personajes Peligrosos y acabe con todos los originales.

El hombre asintió vigorosamente.

—¿Fuga de gas?

Sobre la ciudad, el cielo rugió.

Malarius Voynich contempló las nubes cargadas de destellos celestes.

—No. Mejor un saludable y tradicional rayo fulminante.

—¡Aquí estoy! —exclamó el joven autor, llegando hasta ellos.

Malarius Voynich le abrió camino hasta el taxi que los esperaba ante la casa. Se sentaron en los asientos posteriores, dejando atrás la calle residencial.

—¡Vaya! —se lamentó Farrinor nada más ponerse en marcha—. ¡Me he dejado las llaves en casa! —Después se echó a reír—. Me sucede a menudo cuando salgo de casa deprisa y corriendo.

—¿Vive usted solo, Farrinor?

—Sí. ¿Por qué?

—Oh, simple curiosidad.

—A propósito de curiosidad… ¿me puede decir adónde vamos en plena noche?

—¿Conoce a Joseph M. William Turner, Farrinor?

—¿El pintor?

—Exactamente. Conocerá también su famoso cuadro *El incendio de la Cámara de los Lores…*

—Lo habré visto decenas de veces.

—¿Y sabría decirme por qué estalló aquel incendio, Farrinor?

—Pues no, la verdad.

—Porque alguien tuvo una idea —respondió Malarius Voynich, colocando con aire misterioso las manos cruzadas sobre el mango del paraguas.

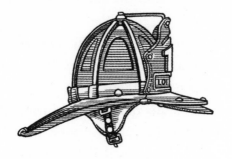

Capítulo 2
Un CHOCOLATE CALIENTE

El taxi corría a toda velocidad mientras la noche se transformaba lentamente en día. Rick Banner tenía la mirada fija en el cristal.

Se sentía como un pececillo rojo acostumbrado a nadar en un pequeño acuario al que, de repente, hubieran soltado en el mar.

El mar en cuestión era Londres, la capital. Y la gran estación de trenes. Las interminables filas de taxis que esperaban en el aparcamiento, como animales de hierro, con los faros similares a enormes ojos abiertos. Y luego todas esas calles, las avenidas, los edificios, el tráfico, los rascacielos que nacían inesperadamente, como errores de cristal y cemento. Los letreros luminosos de los lugares de diversión.

Las personas que caminaban en la oscuridad. El Támesis. La torre del reloj.

—Uau —exclamó Rick, recostándose en el asiento—. No creía que Londres fuera tan grande.

También el interior del taxi casi le provocaba vértigo: en el cristal que los separaba del taxista había pegados números de teléfono, planos de la ciudad, el reglamento de la asociación de taxistas, los derechos del cliente e incluso la publicidad del mejor restaurante indio de la capital. Demasiada información.

—¿No te da un poco de impresión esta ciudad tan grande? —farfulló Rick.

Jason, sentado a su lado, negó con la cabeza.

—No. He crecido aquí.

—¿Y la echas de menos?

—Un poco, sí… Pero no dejaría Kilmore Cove para volver aquí.

—¿De verdad?

—Creo que sí —respondió Jason, y al momento enmudeció de golpe.

El joven Covenant sentía una sensación extraña. No era tristeza. Era una especie de nostalgia por algo perdido mezclada con el orgullo de pertenecer a algo mejor: el mundo minúsculo e infinito de Kilmore Cove. De repente, un sonido de sirenas lejanas hendió el aire. Un incendio, en alguna parte de la ciudad.

Rick miró el reloj.

—¿Cuánto se tarda en llegar al aeropuerto?

—Unos veinte minutos.

—Bueno —asintió el chico—. Si no pasa nada raro, llegaremos antes de tiempo.

—Sí… —murmuró Jason, distraído por las sirenas.

Dos coches de bomberos se estaban acercando por detrás de ellos como un rayo metálico azul y rojo. El taxista aminoró la marcha y se echó a un lado para dejarles pasar. Luego volvió a incorporarse al carril, mientras las luces intermitentes se alejaban entre las calles de la ciudad.

—Mal asunto —dijo Rick, pensando como Jason en el Club de los Incendiarios.

—A lo mejor no es más que un gato que se ha subido a un árbol.

—O una viejecita que se ha dejado las llaves en casa y no puede entrar.

Se echaron a reír aunque, en realidad, ninguno de los dos tenía muchas ganas. Pegaron los dos la nariz a la ventanilla para ver si veían un resplandor de llamas o una columna de humo. Pero no vieron nada.

Cuando llegaron al aeropuerto de Heathrow caía una lluvia fina.

—¿Puedo pagarle con monedas de oro? —le preguntó Jason al taxista, rebuscando dentro de la mochila en la que Nestor había guardado todo su equipo de Viajeros Imaginarios.

El hombre le contestó en un batiburrillo de hindi e inglés y Jason pensó que no era cuestión de seguir bromeando. Sacó del monedero las pocas esterlinas que le quedaban y pagó.

—El recibo, por favor —dijo antes de bajar frente a la puerta de salidas internacionales.

Rick estaba como pasmado delante de él, con la nariz hacia arriba.

—¿Tienes intención de calarte hasta los huesos o podemos entrar? —le preguntó Jason.

Rick entrecerró los ojos bajo la lluvia.

—¿Los aviones despegan también con lluvia y todo?

Jason rió.

—Hombre, Rick, son solo cuatro gotas. Yo creo que sí.

Rick pareció tranquilizarse. Se colocó la mochila a la espalda y siguió a Jason más allá de las puertas acristaladas, que se abrieron con un susurro fotoeléctrico. Una vez en el enorme vestíbulo del aeropuerto, se detuvo y sujetó el brazo de su amigo.

—Antes de decir o hacer nada más, Jason, es mejor que sepas que no he cogido un avión en mi vida.

—Oh, bueno, yo tampoco.

—¿Y no tienes miedo?

—No.

—Pues qué suerte tienes... A mí todo esto me parece una locura.

—¿Más que la Tierra de Punt, en Egipto? ¿O el Jardín del Preste Juan?

—Bueno, no. Pero en todos esos sitios… era un poco como estar dentro de un sueño, ¿no? Como si nos hubiéramos quedado dormidos en la cubierta de la *Metis* para despertarnos… poco después. No parecían tan… reales. Para venir aquí no hemos atravesado ninguna Puerta del Tiempo. Y… no tenemos ningún cuaderno de Ulysses Moore que nos indique el camino.

—Sí, solo hemos cogido una locomotora de 1974 que ha viajado por la vías de Inglaterra durante toda la noche.

—Y después un normalísimo taxi.

—Y hemos llegado hasta aquí.

Miraron a su alrededor.

—¿Y ahora? —preguntó Rick, soltando finalmente el brazo de Jason.

—No te preocupes, yo sé lo que tenemos que hacer. Tenemos que buscar nuestro vuelo en el cartel de salidas, ese de ahí, ¿ves?

—¿Y cuál es nuestro vuelo?

—El Londres-Toulouse.

Rick buscó entre los innumerables vuelos de la lista de salidas. Tardó un rato en encontrarlo:

—Mostrador número 15. ¿Qué significa?

—Que tenemos que entregar nuestro equipaje y nuestros documentos a la señorita que está bostezando en el mostrador número 15, para que sepa que efectivamente cogemos el vuelo.

—¿Por qué? ¿Es que podíamos no cogerlo?

—¿Qué te pasa, Rick? Nunca te había oído hacer tantas preguntas.

Al llegar a la pequeña cola que se había formado en el mostrador número 15, Jason y Rick sacaron los pasaportes.

—¿A ver cómo has salido en la foto? —preguntó Jason.

Rick escondió de golpe el documento.

—¡Ni hablar! Nestor me ha hecho una foto horrible.

—Caray, tienes razón —confirmó Jason, mirándola de reojo.

—Si hay una cosa que no entiendo es por qué tengo que tener un trozo de papel donde diga que yo soy yo.

Jason bostezó.

—Tiempo, Rick. Es una pregunta demasiado difícil y son las cuatro de la mañana.

—Las cinco.

—Bueno, pues las cinco. Te propongo una cosa: facturamos y después esperamos a Anna delante de una taza gigante de chocolate caliente con magdalenas, ¿qué me dices?

—Me parece una idea estupenda.

—Esperemos que acepten monedas de oro… —farfulló Jason, divertido.

Capítulo 3
FUGA *de* LONDRES

«Menuda mentira les he contado a mis padres», pensaba Anna Bloom, mientras su padre se acercaba a la zona de salidas de Heathrow. A través de la intensa lluvia conseguía ver a duras penas las luces de los coches que iban delante de ellos.

—¡Y no son ni las cinco de la mañana! —gruñó su padre, tocándose las mejillas con barba incipiente y recostándose contra el respaldo del asiento del coche—. Imagina el tráfico que habrá dentro de un par de horas. —Sacudió la cabeza—. Si esto es civilización, es que estamos cerca del fin del mundo…

Anna no contestó. Sabía que a su padre le gustaba hablar solo, dejándose llevar por sus pensamientos. Ella también lo

hacía a veces. Pero esa mañana no. Si hubiera hablado, habría dicho solo un montón de tonterías.

Estaba cansada y asustada.

Cansada porque había estado despierta toda la noche, con los ojos abiertos de par en par, dando vueltas en la cama de la casa de Londres mientras intentaba alejar las ideas negativas. Cuando sabía que tenía poco tiempo para dormir, a menudo le costaba trabajo conciliar el sueño. Y, cuando por fin había conseguido pegar ojo, ya era prácticamente la hora de levantarse.

Y estaba asustada porque la perspectiva del viaje que estaba a punto de emprender a escondidas la tenía literalmente en ascuas. ¡Menuda patraña que les había contado a sus padres! Que volvía a Venecia cuando en realidad iba a coger un avión para Toulouse, en Francia.

Y una vez allí…

Flap flap, hacía el limpiaparabrisas sobre el cristal mojado.

—Casi hemos llegado —dijo su padre—. Aunque probablemente tardarías menos andando.

Alguien tocó el claxon.

—Tráfico y lluvia. Típica mañana londinense. No veo la hora de que me concedan el traslado, ¿sabes?

—En Venecia también llueve —dijo Anna.

—Bueno, pero por lo menos no hay tráfico —dijo su padre sonriendo.

Nervioso por el atasco, se metió entre dos filas de coches. Anna dio un respingo y el conductor que estaba detrás de

ellos se puso furioso. Bajó la ventanilla para sacar un brazo y disculparse. Volvió a la fila y siguió avanzando a paso de tortuga.

El intermitente se encendía y apagaba con un parpadeo amarillo y los coches estaban parados uno tras otro como animales que se dirigían al matadero. Anna se estiró para darle un beso a su padre, cogió el poco equipaje con el que había llegado a Londres unos días antes y se lo puso encima de las rodillas. Miró fuera de la ventanilla. Vio la acera húmeda y constelada de charcos y pensó que, en el fondo, no le importaba nada marcharse de allí.

Se preguntó si también en Kilmore Cove estaría lloviendo y si los chicos habrían conseguido llegar sanos y salvos a Londres. Si no los veía en el aeropuerto, cogería el primer vuelo para Venecia como si nada hubiera pasado. Como si esas dos tardes en Cornualles, en un pueblo que no existía en los mapas, hubieran sido solo un sueño.

Como si la libreta de Morice Moreau, el ilustrador del siglo pasado en cuya casa veneciana le gustaba refugiarse para estudiar, no existiera. Pero la libreta existía. Podía sentir su dulce peso en el bolsillo interior del abrigo. Era un cuaderno pequeño y ligero. Tenía unas veinte páginas, de las cuales las últimas cuatro estaban enteramente en blanco. Nestor le había explicado que era la guía para llegar al Pueblo que Muere. También era el cuaderno a través de cuyas páginas una mujer sin nombre había pedido ayuda a Anna.

Pero ¿ayuda por qué?

Anna sintió un hormigueo en los dedos al pensar en la textura del papel, en cuando había apoyado por primera vez la mano en el marco de la página dieciséis y había oído resonar dentro de sí la voz de aquella mujer sin nombre.

—Que tengas buen viaje —dijo su padre, sacándola de golpe de sus pensamientos.

Flap flap, hizo el limpiaparabrisas delante de ella.

—Gracias, papá. Y tú no llegues tarde al trabajo.

Él rió.

—Tengo que estar en el centro dentro de tres horas. ¡Tendría que llegar justo justo! Saluda a tu madre. Y llama en cuanto llegues, ¿vale?

Anna quitó el seguro de la puerta. Se sentía cada vez más pequeña.

—Oye, papá…

—Dime…

Una sucesión de «no» parpadeó ante sus ojos como si fueran luces intermitentes. No podía contarle lo que iba a hacer. No podía decirle nada del sendero de detrás de la encina de los anzuelos, en Kilmore Cove. No podía explicarle, en pocos minutos, que había hablado con los protagonistas de un libro y que un jardinero cojo le había confiado la misión de llegar a un pueblo inexistente escondido en las montañas de los Pirineos. No podía confesarle que era una Viajera Imaginaria. Una viajera que llegaba de verdad hasta lugares que otros consideraban imaginarios.

«¿Sabes, papá? —le habría dicho—, hacen falta dos cosas para llegar a un lugar imaginario: un objeto procedente de ese lugar y una guía.»

—¿Anna? —dijo su padre.

Lo miró. «Un objeto y una guía». Apretó la libreta dentro del bolsillo del abrigo.

—¿Papá?

—¿Qué pasa? ¡Date prisa, hija! Vas a perder el avión.

—Si por casualidad…

—Si por casualidad… ¿qué?

—Nada. Déjalo. Te llamo más tarde.

Abrió la puerta y corrió hacia el aeropuerto, levantando abanicos de agua a su paso.

Cinco coches más atrás un hombre rubio le estaba preguntando a su hermano de pelo rizado, que estaba sentado a su lado:

—¿Ahora entiendes por qué el símbolo de esta ciudad es un paraguas y no una palmera datilera?

Una lluvia fina tamborileaba sobre el capó del lujoso Aston Martin DB7 de 1994 de los hermanos Tijeras, haciendo tic tic tac como una máquina de escribir.

El gemelo de pelo rizado movió la cabeza y dijo:

—Y menos mal. Nos habría resultado complicado ir por ahí con una palmera datilera.

Su hermano lo miró estupefacto. La luz blanca del vestíbulo de salidas internacionales iluminaba la acera mojada.

—¿Era una broma?

—Creo que sí —respondió el gemelo de rizos inclinándose hacia el asiento de atrás para coger un paraguas—. ¿Quieres que te coja el tuyo?

—Odio ese paraguas. Ya lo sabes. Es un modelo anticuado.

—Como quieras. Si prefieres mojarte… La chica está entrando.

—No tengo por qué mojarme. Aquí no se puede aparcar, así que alguien tiene que quedarse en el coche.

—¿Y por qué tengo que mojarme yo?

—Porque conduzco yo, hermanito. Y ahora, o sales corriendo tras la chica o se escapa.

Embestida por una marea de gente, Anna agarró el móvil como si fuera un salvavidas. Pasó rápidamente los mensajes que había recibido y le mandó uno a su amigo Tommy, en Venecia, para contarle lo que iba a hacer.

«No vuelvo a Venecia. Vamos a Francia, a Toulouse, en busca del Pueblo que Muere. Cúbreme con mi madre.»

Le habría gustado escribir a Jason o a Rick: «¿Dónde estáis?», pero sabía que ninguno de los dos tenía móvil.

Buscó el mostrador de facturación de su vuelo para Toulouse. Había cambiado el billete y, por suerte, no había habido problemas.

Mostrador número 15.

Llegó hasta allí con el corazón latiéndole atropelladamente. Tenía la impresión de que todos la miraban. «Ahí la tenéis —decía una voz dentro de su cabeza—, esa es la chica que se escapa de casa.»

—¿Dónde estáis? —dijo Anna, apretando el móvil con fuerza. Tenía miedo.

Era un miedo que no conseguía quitarse de encima. El miedo a que sus padres la descubrieran y le echaran una reprimenda (sabía que eso sería inevitable y contaba con ello). Pero sentía otro miedo, un miedo atenazador que se había hecho real cuando la tarde anterior le había dicho a su padre que la acompañara al número 23 de Frognal Lane y había visto con sus propios ojos la placa del Club de los Incendiarios junto a la puerta de entrada.

Los Incendiarios.

Un grupo de personas de las que no se sabía prácticamente nada, solo que se reunían en la que había sido la casa londinense de la familia Moore. En la misma sala que un tiempo había sido sede del Club de los Viajeros Imaginarios. Anna sabía que había sido uno de ellos quien había intentado robarles a Tommy y a ella las instrucciones para llegar a Kilmore Cove. Y que otro, sentado encima de una pila de cojines, había hablado con ellos a través de las páginas de la libreta.

«¿Quién eres?», le había preguntado Jason.

Y después Nestor había cerrado rápidamente el libro.

El jardinero de Kilmore Cove le había explicado que los Incendiarios quemaban todo lo que no les gustaba. Y ahora, sin duda, no les gustaba Kilmore Cove.

Ni la libreta que ella tenía guardada en el bolsillo.

Pero, de repente, cuando llegó a la cola del mostrador, Anna se puso de buen humor. Vio a un chico alto, despeinado, que estaba discutiendo con la azafata del mostrador de facturación. Después le oyó hablar y le entró la risa.

—¡No tengo quince esterlinas! —chillaba.

Era Jason, furibundo. Rick estaba a su lado, tan rojo como su pelo. A sus espaldas, la cola crecía cada vez más y los pasajeros, enfadados, empezaban a murmurar.

—¿Qué pasa? —le preguntó Anna a la persona que estaba delante de ella.

—Parece que la mochila de ese joven pesa más de lo permitido. Y él no quiere pagar el suplemento.

Anna sonrió.

—¿Le importa que pase delante? Es que lo conozco, ¿sabe? Y si eso pago yo…

—Claro, claro, pasa. Cuanto antes se resuelva la cuestión, antes acabamos todos.

Anna llegó junto a Jason y Rick. Jason tenía una mirada expresiva y despierta a pesar de la hora tan temprana. Rick, detrás de él, esbozó una tímida sonrisa.

—No te puedes imaginar lo que…

—Pues sí… me lo imagino —continuó ella—. Quince esterlinas, ¿verdad? ¿Puedo pagar con tarjeta?

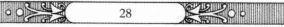

—¡Anna! —protestó Jason—. Pero si es un robo...

Ella le dio la tarjeta de crédito a la azafata.

—¿Habéis tenido un buen viaje?

—Sí —dijo Rick sonriendo—. ¿Y tú?

—No ha estado mal. Y además... tengo novedades.

—¿Novedades?

—Sí, he encontrado el cuartel de los «malos».

—Ah —respondió Jason.

Acabaron de facturar en silencio, vieron alejarse los tres equipajes en la cinta transportadora y después se repartieron las tarjetas de embarque.

—Estamos los tres cerca —anunció Anna, controlando los billetes.

—Yo quiero estar lejos de la ventanilla —dijo Rick.

—Y yo un chocolate caliente —replicó Jason—. Y saber lo que ha descubierto Anna.

El gemelo de pelo rizado salió corriendo de la terminal y volvió a entrar en el Aston Martin. Le explicó a su hermano apresuradamente y en pocas palabras lo que había visto dentro del aeropuerto.

—¿Qué llevarán en esa mochila según tú? ¿Lingotes de oro?

—No lo sé.

—Sea lo que sea, no vuelven a Venecia. Se van a Toulouse.

—¿Qué podemos hacer? ¿Se te ocurre algo?

—Aparcamos el coche en un lugar seguro.

—¿Y luego?

—Llamamos al jefe.

—¡A esta hora seguro que está durmiendo!

El gemelo de rizos miró el reloj.

—Pero ¿no sabes que no duerme nunca? Solo tres horas y media cada noche.

—Y si lo pillamos justo en esas tres horas y media en las que duerme, ¿qué?

Los hermanos Tijeras permanecieron unos segundos en silencio, con la lluvia tamborileando en el capó.

—Toulouse —masculló después el rubio, como si fuera el título de una película.

—Tierra de herejes y trovadores, a los pies de los Pirineos.

—La pregunta es: ¿qué pintan esos tres mocosos en Toulouse?

—Y con una mochila supercargada...

No tenían la menor idea. Su cometido era simple: ir a Cornualles, seguir a Anna Bloom, descubrir algo sobre un insulso pueblecito llamado Kilmore Cove e informar. No se había hablado nunca de otros viajes. Y mucho menos al extranjero.

—Nosotros no hemos estado nunca en los Pirineos.

—Menuda juerga. Montañas, cabras, olor a caca de vaca. Preferiría mil veces las terrazas de los cafés de Biarritz o una suite en el Negresco de Nizza Mare.

—Sí, pero ellos van a Toulouse, así que ¿nosotros qué hacemos?

—Lo mejor es seguirles. Cogemos su mismo avión, descubrimos qué están tramando y hacemos un informe.

El gemelo rubio puso en marcha el coche para ir a buscar aparcamiento.

El gemelo de rizos se echó a reír.

—Y a lo mejor incluso se desencadena un bonito incendio.

—Y entonces nos volvemos a casa...

—... a disfrutar de un merecido descanso —aprobó el de rizos.

Capítulo 4
Una MEDICINA PELIGROSA

Julia no paraba de dar vueltas en la cama. No conseguía dormir y le dolía la cabeza.

El cuarto estaba en penumbra y el despertador de la mesilla marcaba las cinco y cinco.

¿El avión para Toulouse habría despegado ya?

Julia se levantó de la cama, nerviosa. Todo por culpa de la fiebre. Si no, podía haber ido también ella. Fue a la ventana y abrió las contraventanas para mirar afuera. El cielo era color azafrán. El mar una llanura imperturbable de olas planas. No soplaba una brizna de viento. El enésimo golpe de tos hizo que estallaran en su cabeza una miríada de chispas.

Julia se tambaleó hacia atrás y volvió a tumbarse en la cama. Evitó el contacto con aquellas sábanas tan calientes.

Le faltaba el aire. Si pensaba, sudaba. Si no pensaba, tenía ganas de pensar.

Y seguía pensando en una sola cosa: los otros estaban haciendo un viaje peligroso y ella no tenía ningún modo de ponerse en contacto con ellos. Tenía que quedarse allí, disfrutando de la fiebre.

Bostezó entre las sábanas y acabó boca abajo, mirando el suelo desde el borde de la cama. En el suelo había decenas de libros y revistas. Jason y su madre se las habían llevado para que le ayudaran a pasar el tiempo. Pero a ella no le había apasionado nunca la lectura y los libros yacían desperdigados por todo el suelo, con los marcapáginas en la página cinco, en la seis, como máximo en la veinte, cuando más se había esforzado en avanzar.

A Julia le gustaba la acción. No le gustaba quedarse encerrada en una habitación, sumergida en las páginas de un libro. ¡Ella quería salir!

Entonces, de repente, decidió que ya estaba harta. Y además se le había ocurrido una idea.

Se levantó y fue al viejo armario abombado que estaba enfrente. Giró la llave en la cerradura del siglo XVIII e intentó abrir la puerta de madera antigua sin que produjera el acostumbrado chirrido.

Contuvo en la garganta un golpe de tos y eligió un atuendo deportivo. Unos vaqueros, una camiseta negra, un jersey no muy grueso. Se puso un par de medias de rayas blancas

y rojas, cogió sus manoletinas preferidas y, con ellas en la mano, salió del dormitorio.

Recorrió el pasillo del segundo piso sin encender la luz, caminando de puntillas. Entró en el baño de mármol, puso las zapatillas rojas en el escalón que rodeaba la bañera y abrió el botiquín.

Con mucho cuidado para que no la oyeran, empezó a pasar revista a los envases con nombres raros en busca de algo que le quitara la fiebre de una vez por todas. Hasta ese momento sus padres habían sido inamovibles: solo remedios naturales.

Por fin vio la caja verde de las aspirinas. Sabía que había que tomarlas con el estómago lleno, así que abrió la caja, sacó un par de comprimidos redondos, se los metió en el bolsillo, volvió a poner la caja en su sitio, cerró el botiquín, cogió las manoletinas rojas y salió del baño.

Los retratos de familia colgados a lo largo de las escaleras la miraban fijamente, silenciosos.

Julia descendió lentamente, sintiendo el frío que le penetraba a través de las medias y le llegaba a los dedos de los pies. En los escalones de piedra soplaba siempre una ligera corriente de aire, que bajaba desde la torre hasta la puerta de la sala con la bóveda de ladrillos y las paredes de piedra, en el piso bajo. Llegó a los pies de la escalera y se dirigió a la cocina, atravesando los salones en los que los miles de objetos de Villa Argo parecían respirar lentamente, entre las sombras.

La cocina estaba inmóvil y silenciosa. Julia abrió de par en par la puerta del frigorífico, examinó brevemente todo lo que había dentro y sacó un envase de jamón. Luego abrió la alacena para coger un poco de pan. Puso en el fuego una tetera y empezó a comer mientras esperaba que el agua hirviera.

El hombre de la habitación de al lado se levantó del sillón.

Julia no dejó de comer. Sentada en el taburete de cuadros rojos y blancos se limitó a lanzarle una ojeada.

Nestor había aparecido en la puerta, cojeando.

—No deberías estar aquí —le dijo ella, zampándose el jamón, que para sus papilas gustativas tenía la misma textura que el poliuretano—. Si mis padres se enteran…

Nestor se pasó una mano por el pelo canoso.

—No se enterarán. Os oigo cuando bajáis. Y me da tiempo a irme.

—Pero no está bien —continuó Julia—. Al fin y al cabo ahora es su casa.

El viejo jardinero indicó el sillón del comedor, al lado de la cocina. Una silueta suave y redonda, de brazos anchos, cubierta por una tela de flores de Devonshire.

—He pasado en ese sillón buena parte de mi vida, Julia.

La tetera empezó a silbar.

—Entonces llévatelo a tu casa. No creo que a mamá le importe lo más mínimo.

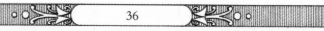

—He pasado en ese sillón buena parte de mi vida, pero también en esa habitación. No puedes cambiar las cosas tan fácilmente.

Julia se echó a reír.

—Y tú detestas que las cosas cambien, ¿verdad?

La risa de Julia obedecía a que, al menos al principio, cuando acababan de mudarse a Villa Argo, su madre había intentado personalizar la casa colocando los muebles de una manera distinta. Un cuadro en lugar del otro, un espejo menos aparatoso encima de las escaleras, una butaca moderna, cómoda quizá. Pero ninguno de esos cambios había durado mucho: los objetos que ella cambiaba de sitio de día, durante la noche volvían a su lugar ellos solos. Los muebles nuevos se rompían. Los jarrones caían al suelo y se hacían añicos. El arquitecto que tenía que ayudarles a arreglar la casa, después de un par de intentos de renovación fallidos, había decidido regresar a la tranquilizadora vivacidad de la capital.

Y, al final, todo había permanecido igual.

«Fantasmas —había concluido su padre—. En esta casa hay fantasmas. Por eso nos ha costado tan barata.»

Sin embargo, el artífice de la aparente inmovilidad de Villa Argo era el jardinero y antiguo propietario, que cada noche entraba en su antigua casa y, como buen dueño insomne, pasaba unas horas de tranquilidad allí dentro, en recuerdo de los tiempos pasados.

En fin, un verdadero guardián de los sueños.

—¿Un poco de té?

—¿Por qué no?

Sin que hiciera falta que se lo pidiera, Julia eligió para Nestor la única taza con el borde desconchado del servicio de té. Era la que él usaba desde niño.

—¿No tienes sueño? —le preguntó.

—Los viejos dormimos poco —respondió Nestor—. Demasiadas cosas en la cabeza… demasiados problemas.

—¿Estás pensando en su viaje?

—Sí. Y no me gusta nada. Sobre todo porque no podemos saber lo que está pasando.

—En eso te equivocas —respondió Julia, con aire astuto—. Antes se me ha ocurrido una idea.

—¿Una idea?

—Sí. La libreta de Morice Moreau es un libro ventana, ¿verdad? Un libro a través del cual se puede comunicar.

—Exacto —respondió Nestor.

—Y tú has dicho que en la biblioteca de Villa Argo había otro ejemplar, ¿no?

—Sí, pero no lo encuentro. —Nestor suspiró—. Aunque me parece haber entendido lo que te ronda por la cabeza.

Nestor asintió.

—Es una buena idea.

Julia sonrió, a pesar del dolor de cabeza.

Él miró el reloj.

—¡Dentro de poco tus padres llamarán al instituto de St Ives y yo tengo que contestar al teléfono para contarles algo sobre esa excursión tan… imprevista!

Para justificar la ausencia de Jason y Rick habían decidido inventar la excusa de una excursión sorpresa del instituto a Londres.

—Voy contigo —dijo Julia.

—Ni hablar. Tú te quedas en casa y esperas a que se te pase la fiebre…

Julia le pasó las aspirinas por delante de la nariz.

—Ni lo sueñes. Voy a buscar la libreta ahora mismo.

—No me parece una buena idea —respondió Nestor, bebiendo el té a sorbitos—. Las medicinas no curan las enfermedades, solo calman los síntomas.

—¿Es que tienes algo mejor?

Nestor pareció sopesar la respuesta.

—A lo mejor sí. Pero no sé si es cuestión de…

—¿Si es cuestión de…? ¡Nestor! Yo no quiero seguir esperando aquí sin hacer nada, mientras todo se mueve. Los otros quién sabe dónde están. Hay una libreta que ha desaparecido de tu biblioteca y que podría ser el único modo de saber qué están haciendo. ¡Por no hablar de los Incendiarios! Y mientras tanto yo aquí, de brazos cruzados. Sinceramente… no puedo más.

Nestor sonrió.

—¡Qué genio!

—¿No te habías dado cuenta todavía?

—Oh, sí, sí. Me había dado cuenta. —Nestor sonrió.

Julia le lanzó una mirada torva.

—Fue por eso por lo que te elegí, jovencita.

Cuando salieron por la puerta de la cocina, el sol ya se había separado de la línea plana del horizonte y temblaba bajo una capa de nubes. El enorme sicomoro daba sombra al tejado de Villa Argo y la hierba del jardín estaba húmeda. Julia siguió a Nestor hasta su casa.

Los gruesos libros que habían consultado el día anterior seguían apilados encima de una enorme mesa: el *Diccionario de las lenguas olvidadas,* el *Manual de los lugares imaginarios*, el *Catálogo razonado de los libros inexistentes* y, naturalmente, el *Inventario alfabético de los objetos imposibles.*

El viejo jardinero hizo caso omiso de ellos y empezó a abrir y cerrar los armarios que estaban encima de los fogones de la cocina.

—¿Dónde la habré puesto?

Julia se sentó, bostezando.

—El otro día, cuando estaba aquí Anna… —refunfuñó— … no me dijiste nada de esta medicina.

—¿De verdad? —dijo distraídamente Nestor, moviendo unos botes—. Ah. Aquí está. —Sujetaba con fuerza un tarro de mermelada, con una etiqueta en la que se leía «Crisopea». Estaba escrita a mano, con una elegante caligrafía que Julia reconoció al vuelo. Era la caligrafía de Penelope.

—Es una antigua receta secreta de mi mujer… —Nestor abrió el frasco y echó en una taza varias cucharaditas de hierbas trituradas, que despedían un olor nauseabundo—. Fíate. Tómatelas y te sentirás como nueva.

Julia puso cara de asco.

—¿Estás seguro?

—Cura todas las enfermedades —dijo Nestor sonriendo, mientras añadía un poco de agua y movía para mezclar—. Y con una pizca de azúcar no está mal.

Julia apretó los dientes y se tapó la nariz para tragarse aquel potingue.

—Tómatelo todo.

—¿Seguro?

—Si quieres ponerte bien de una vez…

—Claro que quiero ponerme bien.

Julia se lo tomó sin hacer más preguntas. La Crisopea sabía a huevo pocho y arena y tenía un regusto amargo.

—¡PUAJ! —exclamó y tosió después de tragarlo todo de golpe—. ¡Es asqueroso!

—Tienes razón.

Nestor volvió a mirar el reloj.

—Bueno. Ahora me tengo que ir corriendo. Hasta la centralita de teléfonos hay un buen trecho.

Julia se bebió un par de vasos de agua del grifo.

—¡Madre mía! Se me ha quedado un sabor asqueroso en la boca.

—Un poco de paciencia. Si quieres ponerte bien de verdad, funcionará.

Julia repitió la frase con tono sarcástico y, luego, cuando Nestor estaba ya en el umbral de la puerta, le preguntó:

—¿Dónde estaba la libreta la última vez que la viste?

—En la estantería de los libros de viajes —dijo sonriendo—. Donde estaban antes mis diarios.

—¿Los diarios que nos dejabas de vez en cuando en la habitación de la torre para que los encontráramos?

—Los diarios que Leonard y Calypso han decidido meter en un baúl y entregar a un tipo desconocido que los ha publicado —respondió Nestor, cojeando en el jardín.

La puerta se cerró sola a sus espaldas. Julia se quedó un rato más en la cocina. Después se levantó y salió a la brisa fresca de la mañana.

«Un poco de paciencia. Si quieres ponerte bien de verdad, funcionará.»

Se pasó la mano por la frente. Una gaviota planeó desde el acantilado como una coma blanca.

Julia miró el sendero de gravilla que atravesaba el jardín y salía fuera de la enorme verja de hierro forjado. Nestor había aparcado su sidecar en la calle principal y ahora lo estaba poniendo en marcha.

Julia vio aparecer una voluta de humo y notó que el dolor de cabeza había desaparecido. Se tocó el cuello.

Tampoco le dolía la garganta.

Incrédula, se tanteó el cuerpo, lentamente, como para comprobar que todavía estaba entera. En lugar de los huesos doloridos de los últimos días, sintió de nuevo unos músculos fuertes. Tenía ganas de ponerse en movimiento.

—Vaya —pensó en voz alta—. Me siento mucho mejor.

La **cocina** de **Villa Argo**

Kilmore Cove ❦ *Cornualles*

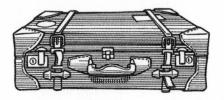

Capítulo 5
En **FRANCIA**

A pesar de todos los temores de Rick, el ATR500 de la Air France Londres-Toulouse aterrizó puntualmente en la ciudad francesa.

Mientras el bimotor surcaba las nubes, virando hacia el sur para aproximarse a la pista de aterrizaje, Anna cogió la mano de Jason y la de Rick, y las apretó con fuerza.

Quizá la de Jason un poco más fuerte.

Cuando por fin el avión tocó tierra, pegando primero un salto y luego otros dos, y después frenó con todos los alerones alzados y finalmente se acalló el rugido de las ruedas que corrían sobre el asfalto, Julia reclinó la cabeza en el respaldo y sonrió.

—¡Hemos llegado! —dijo.

Solo entonces Rick abrió los ojos.

En torno a ellos, los pasajeros se quitaron los cinturones de seguridad. Una voz en francés repetía una serie de instrucciones inútiles. Los primeros móviles dejaron oír sus melodías al encenderse.

—Vamos —les ordenó Jason, levantándose el primero.

El avión estaba medio vacío. Los chicos salieron disparados entre las personas que estaban cogiendo las maletas y en un santiamén se plantaron ante la azafata que estaba delante de la puerta de salida. Un rápido saludo, bajaron la escalerilla y se montaron en el autobús.

El aire era caliente y húmedo. Hacía bochorno.

Los otros pasajeros fueron llegando con cuentagotas, con sus pequeñas maletas con ruedas y el móvil pegado a la oreja. Una señora elegante gesticulaba con una amiga hablando del tiempo. Un hombre de negocios controlaba el teléfono mientras se ajustaba la corbata. Un señor se miraba fijamente la punta de los zapatos, como si quisiera recordar el motivo por el que se los había puesto. En el otro lado del autobús, dos tipos vestidos de negro con un paraguas en la mano, uno rubio y otro con el pelo rizado, se pusieron a leer un periódico comarcal.

Y fue precisamente el periódico lo que llamó la atención de Rick. El chico pelirrojo, dando la espalda a los otros pasajeros, miró primero a Jason y después a Anna.

—Chicos… ¿habéis visto a esos dos del periódico?

Anna miró a hurtadillas por encima de su hombro.

—Lo tienen al revés —observó—. O sea, que no están leyendo de verdad…

—Es exactamente lo mismo que he pensado yo.

El autobús dio un brinco y arrancó. Anna, Rick y Jason se agarraron a la barra y se sujetaron el uno al otro. El pasajero rubio y el de rizos cerraron el periódico.

—Nos están observando —le dijo Anna a Jason al oído.

—Bueno, vamos a dejarnos de ideas raras, ¿vale? —suspiró él.

—Te digo que nos están observando. El de pelo rizado me está mirando fijamente.

—A lo mejor le gustas.

—¡Tonto! —dijo ella sonriendo.

El autobús dio un respingo, giró en la pista y se dirigió hacia la terminal del aeropuerto. Durante todo el trayecto, los dos tipos vestidos de negro ni siquiera pestañearon. Los chicos tampoco.

El autobús los dejó delante de la entrada del aeropuerto. Después del control de pasaportes, fueron todos a la sala de recogida de equipajes, siguiendo las indicaciones de los carteles. Jason, Anna y Rick caminaban a toda velocidad, intentando interponer la mayor distancia posible entre ellos y los dos tipos vestidos de negro. Anna tenía la mano en el bolsillo, para asegurarse en todo momento de que la libreta de Morice Moreau seguía allí. Llegaron a las cintas negras por las que serpenteaban las maletas y se pusieron a esperar en un rincón.

—¿Hacemos como si nada o les decimos algo para que sepan que nos hemos dado cuenta de que nos están observando? —preguntó Rick.

—¿Y qué les decimos? ¿Les preguntamos si son Incendiarios? —respondió Jason, irónico.

—¿Dónde están?

De los dos no quedaba ni rastro.

—Han salido. Ya no los veo.

—A lo mejor no tenían equipaje.

—O a lo mejor ha sido una falsa alarma. A lo mejor solo se trataba de que estaban demasiado dormidos para ponerse a leer de verdad el periódico.

Una luz roja parpadeó, se oyó un pitido y la cinta negra empezó a serpentear. Las maletas salieron rebotando por un boquete y comenzaron a dar vueltas delante de los pasajeros. La primera en llegar fue la mochila de Jason, que hizo un ruido metálico. Después fue el turno de la de Rick y de la maleta de Anna. Antes de irse, los tres miraron una vez más a su alrededor.

—Han desaparecido —observó Anna, dando un suspiro de alivio.

Pero se equivocaba.

Cuando por fin salieron de la sala de recogida de equipajes, volvieron a verlos parados cerca de la puerta de la terminal, apoyados en sus paraguas delante del quiosco de periódicos.

Los chicos intercambiaron una mirada inquieta.

—En mi opinión esos dos nos están esperando —respondió Jason.

Mientras se colocaba la mochila a la espalda, sacó del bolsillo de los pantalones vaqueros el bloc en el que había apuntado las etapas de su viaje. Cogió un bolígrafo y tachó la primera: «Londres-Toulouse».

El móvil de Anna dejó oír la musiquita de encendido.

—Le mando un sms a Tommy —dijo la chica—. ¿Adónde vamos?

La etapa sucesiva era la ciudad de M.* Para llegar hasta allí tenían que coger un autobús comarcal que iba a los Pirineos. O sea, que primero tenían que ir a la estación de autobuses y una vez en la estación...

—Tenemos que quitárnoslos de encima —dijo Rick.

—Sí. —Jason levantó la vista del cuaderno—. Tengo una idea —anunció con una sonrisita.

—Instituto de St Ives, buenos días —respondió Nestor desde la centralita conocida como «la Casa de los Mil Ecos»—. Sí, buenos días, señora Covenant, dígame. ¿Algún problema? ¡Ah, sí, claro, la excursión sorpresa de su hijo!

Sentado delante del brazo mecánico que desviaba las llamadas de Kilmore Cove, Nestor tamborileó con el lápiz en

---

* Querido lector: para evitar cualquier peligro, hemos decidido no publicar el nombre de esta localidad. *(Nota de la redacción.)*

las placas de latón con los nombres de las distintas familias del pueblo.

—Sí, sí, ya sabemos que les hemos avisado con muy poca antelación, pero… estas cosas pueden pasar —le dijo a la madre de Jason, fingiéndose comprensivo—. ¿Que cuánto tiempo estarán fuera? Pues solo un par de días. Van con todos los profesores, así que no se preocupe. Se divertirán mucho, mientras nosotros… tendremos que seguir como siempre al pie del cañón, ¿verdad?

Sonrió mientras miraba por la ventana. El bosque que rodeaba Kilmore Cove era un tupido laberinto de árboles.

—¡Qué razón tiene, señora Covenant! ¡Qué razón tiene! Es que ser joven es una suerte. Nada, no se preocupe. Si tiene alguna duda, llámenos en cualquier momento. No creo que Jason tenga tiempo de hacerlo. La excursión está pensada aposta para no dejar a los chicos ni siquiera un minuto libre. Lo sé. Lo conocemos. Pero creo que conseguiremos que se canse igualmente. Gracias. También a usted. Buenos días.

Nestor cortó la comunicación, levantó la pequeña caja filtro con la que había alterado la voz, sacó la clavija del teléfono negro que tenía encima de la mesa y la introdujo de nuevo en la línea telefónica del instituto de St Ives.

Movió la cabeza, nervioso. No le gustaba nada tener que recurrir a esos subterfugios, pero sin duda era mejor esto que dejar que los señores Covenant supieran que su hijo se había ido a los Pirineos en misión secreta de salvamento.

El brazo mecánico que ponía en comunicación Kilmore Cove con el exterior del pueblo se reactivó con un zumbido. Nestor controló de dónde llegaba la llamada.

—Madrugadora ella también… —murmuró. La nueva llamada provenía de la casa de Rick Banner y también estaba dirigida al instituto de St Ives.

Sacó rápidamente la clavija y la enchufó de nuevo en su teléfono.

—Instituto de St Ives, buenos días. Ah, sí, buenos días, señora Banner, ¿cómo está? ¿Cómo dice? ¿La excursión? Pues sí, los chicos acaban de irse. Se divertirán mucho. Y será muy instructivo también. Ya verá, a su hijo le encantará. Ah, no. No volverá esta tarde. Mañana. Ya sabe… El tiempo necesario para…¡que hagan lo que tienen que hacer!

—¡Taxi! —gritó Anna al salir del aeropuerto. La chica se orientó rápidamente, fue hasta la cola de personas que esperaban su turno y se puso en fila.

Los dos tipos vestidos de negro se dieron un codazo. Cuando Anna se puso en la cola, el de rizos se alejó rápidamente del quiosco de periódicos y fue hasta donde estaba ella. Se coló sin contemplaciones y subió al taxi inmediatamente sucesivo.

—¡Siga a aquel taxi! —ordenó, una vez hubo entrado, indicando el vehículo que iba delante.

El gemelo rubio, por su parte, se quedó en el quiosco de periódicos, bastante nervioso. No le había dado tiempo a

leer siquiera las noticias más importantes cuando en la salida del aeropuerto apareció Rick, mochila a la espalda, con su pelo pelirrojo brillando al sol.

—¡Taxi! —gritó también él, para después ponerse en la cola.

«¿Y el tercero?», se preguntó el gemelo rubio. ¿Por qué no estaba allí también él? Tenía que decidir rápidamente qué hacer. ¿Seguir al pelirrojo o esperar a su amigo?

En la cola del taxi había por lo menos cinco personas. Cuatro. Dos. El gemelo rubio dobló el periódico y se puso en la cola.

Vio a Rick subir al taxi. Había aún tres personas delante de él. Intentó oír lo que le decía al taxista, pero no logró entender ni una palabra. Así que hizo como su hermano: se abrió paso a codazos, cogió el taxi sucesivo y le ordenó que siguiera el coche al que había subido Rick.

Dentro del aeropuerto, Jason sonrió. Salió con calma y cogió un tercer taxi.

—A la estación central de autobuses —le dijo al taxista.

Miró el reloj. Rick y Anna tenían cincuenta minutos para despistar a esos dos tipos que les pisaban los talones y para reunirse después con él en la salida de los autobuses comarcales hacia M.

O bien para dejarlo ir solo, si no conseguían despistarlos.

En cuanto llegó a la estación de autobuses, Jason eligió un sitio tranquilo en una de las terrazas de los bares que había

en la pequeña explanada de entrada. Pidió un refresco y miró a su alrededor en busca del gemelo de rizos o del gemelo rubio. Por suerte no se veían por ningún lado. Intentando imaginar dónde podían estar, abrió y cerró la mochila, sacando lo que seguramente aquellos dos hombres estaban buscando: la libreta de Morice Moreau que Anna le había confiado. Habían descubierto que la libreta era una guía para llegar a Arcadia, el Pueblo que Muere. Pero la verdad era que las indicaciones resultaban muy vagas. Morice había dibujado una montaña con un castillo en llamas en la cima y dos minúsculas figuras que se alejaban corriendo, un hombre que salía de casa y se miraba al espejo, el mismo hombre caminando a orillas de un arroyo y después por un tupido bosque, y, por último, de nuevo él ante las murallas del Pueblo que Muere. Además, había una página apenas esbozada con unas cuantas letras aquí y allá, y el bosquejo de un animal parecido a un puercoespín. Las últimas cuatro páginas estaban en blanco.

Enteramente en blanco.

Jason hojeó las veinte páginas de la libreta, deteniéndose en aquellas en las que estaban los marcos negros. Estaban todos vacíos, lo que quería decir que ningún otro lector tenía la libreta abierta en ese momento. Volvió a concentrarse en los dibujos en busca de inspiración. Los observó con atención, pero no encontró nada de particular. Estaba acostumbrado a seguir pistas poco claras, así que no se preocupó. Sin embargo, empezó a preocuparse cuando la libreta

casi se le cayó de las manos y se abrió de golpe por la página del castillo en llamas.

En el marco negro que estaba junto al castillo había aparecido una figura. Era el hombre sentado encima de la pila de cojines.

Jason notó que el corazón le latía aceleradamente. Acercó la mano al dibujo sin tocarlo y pensó en cuando el mismo hombre había aparecido en Kilmore Cove y él le había dicho su nombre. Nestor le había arrancado la libreta de las manos, pero no antes de que él hubiera revelado también el lugar en el que se encontraba.

«Peligro», susurró la parte racional del cerebro de Jason, intentando advertirle.

—¿QUIÉN ERES? —retumbó una voz rotunda en su cabeza.

—¿Quién eres tú? —replicó el chico.

—¿QUIÉN ERES?

La voz del hombre tenía un tono inquietante y malvado, pero tanta insistencia le arrancó a Jason una sonrisa.

—Soy un imprevisto —respondió.

—¿Un imprevisto? ¿Qué quieres decir?

—Soy alguien a quien no puedes seguir. Alguien que no puedes prever y no puedes controlar.

—Dime tu nombre.

—Soy un Viajero Imaginario.

—¡NO!

—Sí.

—¡Ya no existen los Viajeros Imaginarios! ¡Hemos destruido sus mapas y quemado sus diarios! Y por tanto esta conversación no es posible. ¡Tú no existes!

—Sí existo. Vaya si existo. ¿Sabes cuál es tu verdadero problema, estúpido dibujito? —dijo Jason—. ¡Que a lo mejor eres tú el que no existes!

—¡Pero yo estoy aquí, en carne y hueso y llamas! ¡Y os encontraré! ¡Encontraré la libreta y os encontraré a vosotros! ¡Y os prenderé fuego!

—¡No, esta vez no! —gritó Jason, enérgico—. ¡Quienquiera que seas esta vez seremos nosotros los que te encontraremos a ti!

Cerró la libreta de golpe y la volvió a guardar en la mochila. Los otros clientes del bar lo miraban estupefactos: estaba llamando demasiado la atención.

Jason pagó la cuenta y se encaminó lentamente hacia el autobús que iba a M.

Vio el viejo autobús desvencijado y comprobó su número de asiento. Buscó con la mirada a sus amigos. No estaban. Se subió al autobús y sacó tres billetes. Tres trocitos de papel blanco con números azules.

Se obligó a no pensar en la conversación de poco antes. No hablaría de ello con nadie.

En el fondo de la estación algo se movió y Jason vio aparecer a Rick entre la multitud. Corría a toda velocidad y la mochila botaba contra su espalda. Jason lo saludó con la palma de la mano abierta.

—¡Por los pelos! —dijo jadeando el chico pelirrojo al llegar.

—¿Qué tal te ha ido?

—Pues me he metido por un callejón y me he puesto a correr.

—¿Y él te ha seguido?

—Creo que no. —Rick le guiñó un ojo—. Soy mucho más rápido yo, por suerte.

Después lanzó una ojeada al autobús medio vacío.

—¿Y Anna?

—No ha llegado todavía.

Rick se pasó una mano por la cabeza.

—Sabe lo que hace. Estará aquí de un momento a otro.

El autobús estaba a punto de salir.

Esperaron unos minutos y, cuando vieron que el conductor iba a arrancar, le pidieron que esperara un poco más.

El hombre resopló. Después, pasados otros dos minutos, se dispuso a cerrar la puerta.

—¡Espere! —gritó una voz desde el fondo del andén.

Los tres se asomaron fuera del autobús y vieron a Anna que bajaba como una exhalación de una carroza para turistas y se dirigía hacia ellos corriendo a toda velocidad.

—¡No os podéis imaginar cómo he acabado allí arriba! —exclamó, radiante.

—Pues no, la verdad —admitió Jason, dándole la mano.

—¿Y tu maleta?

—He tenido que sacrificarla.

Anna saltó dentro del autobús un instante antes de que el conductor cerrara las puertas y acabó entre los brazos de Jason. Los dos se miraron, turbados, y luego Jason la dejó en el suelo y la acompañó a su asiento.

—Las cosas que tenías en la maleta se pueden volver a comprar —dijo, mirándola por debajo de su mechón rebelde—. Lo importante es que estés aquí.

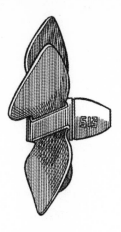

Capítulo 6
En el ARSENAL

Era por la mañana también en Venecia. Los tejados de las dársenas del Arsenal eran como muchas «V» boca abajo que se recortaban contra el cielo oscuro. El piloto de la lancha motora se acercaba con una maniobra lenta, haciendo escupir gasolina a la pequeña fuera borda.

Sentado en el fondo de la pequeña embarcación, Tommaso guardaba silencio. Miraba las manchas de aceite, que se ensanchaban detrás de él sobre las aguas del canal, y los jardines oscuros que rodeaban los viejos astilleros navales de la ciudad. A su izquierda, había una vieja grúa de metal negro, similar a un punto exclamativo clavado en el terreno. Más allá, entrevió el casco negro del sumergible *Enrico Dandolo*, que yacía sobre el césped como un enor-

me juguete abandonado. Ningún turista había atravesado nunca los jardines de Santa Elena para recorrer las extensas explanadas del Arsenal viejo. En aquel desolado silencio, el piloto de la lancha motora atracó apresuradamente la embarcación al resguardo de una dársena con el tejado de madera.

—Baja —ordenó a Tommaso.

Él no se lo hizo repetir dos veces. Desde que ese hombre se había presentado en la Casa de los Garabatos le había obedecido sin rechistar.

Dejaron tras de sí las columnas blancas de la dársena y atravesaron el jardín. El Arsenal viejo estaba compuesto por filas y filas de naves bajas de ladrillo con grandes ventanales que daban a la laguna. El hombre empujó a Tommaso dentro de una nave que tenía la puerta abierta.

Una vez dentro, el desconocido encendió la luz. Se encontraban en un enorme espacio medio vacío. El techo tenía vigas de madera a la vista y las gigantescas tuberías de la calefacción recorrían las paredes como gusanos de cobre.

En el centro de la habitación había un cubo de plástico transparente, un maniquí con un traje del siglo XVIII, dos sillas pintadas de negro, una butaca con forma de mano y otras piezas de mobiliario que a Tommaso le parecieron salidas de una película de ciencia ficción.

Aquella inmensa sala tenía un atmósfera fría y aséptica.

El hombre ordenó a Tommaso que se sentara con un gesto rudo. Después colgó el paraguas lanzallamas en un dedo

de la butaca con forma de mano, se quitó el bombín y el guardapolvo y los tiró al suelo.

—Bienvenido a nuestra sección de la Bienal de Venecia —dijo riendo el Incendiario—. Una filial de nuestro exclusivo club. —Se arrellanó en la butaca con forma de mano, que se curvó bajo su peso—. Como puedes ver, no todas las ideas nuevas merecen que… las condenen al fuego.

Tommaso continuaba mirándolo en silencio. Recordaba que, antes de obligarlo a seguirlo al Arsenal, el hombre le había dicho: «Ahora sí que estás metido de verdad en un buen lío, jovencito».

Y Tommaso no tenía ninguna duda al respecto.

—Empecemos desde el principio, ¿de acuerdo? —dijo el hombre, atusándose la barba—. Yo me llamo Eco. ¿Y tú eres…? —le preguntó a Tommaso, dándole tiempo para responder. Después, dado que el chico seguía en silencio, continuó—: Tommaso Ranieri Strambi. Más conocido como Tommy. El amiguito de Anna Bloom.

—No soy su amiguito —replicó Tommaso.

—Ah, entonces tienes lengua.

—Soy su amigo y basta.

—Amigo, no amiguito. Vale. Estimo la precisión. Nosotros dos nos hemos visto ya. En el Café Duchamp, hace unos días.

Tommaso asintió imperceptiblemente. Lo recordaba bien. Ese hombre les había robado las instrucciones para llegar a Kilmore Cove.

—Voy a ser muy claro contigo… —prosiguió el Incendiario—. Solo tienes que contarme qué te decía tu amiga Anna en el mensaje que te ha mandado hace poco… —Eco levantó el móvil de Tommaso y se lo enseñó.

—Nada importante.

—Nada importante… Eso mejor deja que lo decida yo. Tommaso miró a su alrededor, nervioso.

—¿Y quién es usted para decidirlo?

—Como te he dicho, me llamo Eco. Trabajo en Venecia. Soy Incendiario. ¿Quieres una tarjeta de visita?

—No había oído nunca que alguien pudiera trabajar de Incendiario. No es un trabajo.

—Ah, ¿no? ¿Y los bomberos, entonces? ¿No te parece una inicua disparidad de tratamiento? Nosotros hacemos más o menos lo mismo: cuando suena la alarma, acudimos a toda velocidad. Y si hay algo a lo que vale la pena prender fuego… ¡lo quemamos!

Tommaso pensó inmediatamente en el piso de arriba de la casa de Morice Moreau, donde estaba el estudio que había sido devorado por el fuego. Sintió un sobresalto, pero no dijo nada.

Eco empezó a tamborilear con los dedos en la rodilla.

—Intentemos razonar, jovencito. No quiero ni secuestrarte ni matarte. Solo quiero saber lo que te ha dicho Anna.

—No era ella.

—Ah, ¿no? ¿Y entonces quién era?

—Un amigo mío.

—Un amigo tuyo…

—Un compañero del colegio. Quería saber una cosa del examen que tenemos esta mañana.

—Muy bien, muy bien. Solo que, si sigues así, esta mañana difícilmente harás ningún examen.

—Usted ha dicho que no quería secuestrarme.

—Yo he dicho que no te pasará nada si me cuentas lo que te ha dicho Anna. Te dejaré volver a casa como si no hubiera pasado nada. Aunque ahí va mi consejo: olvídate de todo este asunto.

—¿Qué quiere decir?

—Olvídate de tu amiga, de la Casa de los Garabatos… y también de Ulysses Moore.

Al oír ese nombre, Tommaso dio un respingo en la silla.

—Sabes de quién te estoy hablando, ¿verdad?

—He leído sus libros.

—Hay cosas mucho mejores en circulación, amigo mío. Por ejemplo, la libreta de dibujo de Morice Moreau.

Tommaso tragó saliva. ¿Qué posibilidades tenía de engañar a aquel hombre? Parecía saberlo todo: lo de la libreta que Anna había encontrado en el estudio de Morice Moreau, el encuentro con el traductor de los diarios de Ulysses Moore, el viaje a Londres de Anna…

Pero quizá el Incendiario no sabía aún que Anna había conseguido llegar a Kilmore Cove, que lo había encontrado…

—Morice Moreau figuraba desde hacía bastante tiempo en nuestra lista negra. Y en la misma lista, fíjate qué casua-

lidad, están también Ulysses Moore y el misterioso traductor de sus diarios.

—¿Y ahora estoy yo también? —inquirió Tommaso.

Eco se echó a reír con una risa malvada. El estentóreo vozarrón del hombre retumbó en la cavidad vacía del Arsenal.

—Pues no, no estás, Tommaso Ranieri Strambi —continuó—. No estás porque eres un pez demasiado pequeño. Y, créeme, es una suerte para ti.

—¿Por qué?

—Porque si acabas en la lista negra de los Incendiarios, eso significa que alguien ha hablado de ti al señor Voynich —explicó—. Y que el señor Voynich, después de saber de ti, ha abierto el cajón de su escritorio que tiene la letra «L» y ha sacado la lista. Después ha abierto el cajón con la letra «B» para sacar el bolígrafo y ha escrito tu nombre en la lista. Y después ha metido ambos en el cajón con la letra «E». Examinar. ¿Y sabes qué significa esto?

—No —respondió Tommaso, aunque en realidad se lo imaginaba perfectamente.

—Que después de pasado el tiempo necesario para hacer las averiguaciones oportunas, si los resultados han sido, digamos… positivos, la lista pasa a la sección «Eliminar» y entonces terminas eliminado. Con un raya negra como el carbón. ¡Zas! Problema resuelto.

—¿P-problema?

—Exacto. Problema. Morice Moreau era un problema. Ulysses Moore es un problema. Su traductor puede conver-

tirse en un problema, mientras que tú, por ahora, solo eres una posibilidad de problema menor. Tú y tu amiguita… sois el problema menor de un problema menor. Así que, como ves, al fin y al cabo la tuya no es una situación tan desesperada.

Mientras Eco hablaba, el cerebro de Tommaso procesaba la información. La lista negra del señor Voynich, las personas eliminadas con una raya, los incendios, Morice Moreau, que había sido un problema y que se decía que se había ahorcado en su estudio mientras su casa ardía en llamas. Empezaron a ocurrírsele extrañas relaciones, nada agradables.

—¿Desde hace cuánto tiempo… trabajáis en esto?

—Oh, formalmente solo desde hace unos cincuenta años. Desde que abrimos nuestra sede central de Londres.

—¿Y antes?

—Antes de Londres actuábamos sin tener una sede de verdad… —Sonrió, abriendo los brazos—. Cada uno por su cuenta, sin coordinación central. No teníamos estos elegantes uniformes —explicó—. Ni tampoco los paraguas lanzallamas… como el que has visto en acción, que además tiene un montón de posibilidades más. También puede atraer los rayos, ¿sabes? De todas formas, volviendo al punto principal… Antes de Londres, aquellos que, como nosotros, no apreciaban ni las novedades ni las invenciones absurdas, como las ilustraciones de Morice Moreau o las historias contadas por Ulysses Moore, se inspiraban en la vida de nuestro verdadero fundador, el hombre que fue el primero

en intuir el maravilloso poder del fuego para eliminar todos los problemas.

Tommaso no había entendido ni una sola palabra de lo que Eco acababa de decir, pero había seguido con la mirada la mano regordeta y enjoyada del Incendiario, que indicaba el maniquí de madera situado junto al cubo transparente. Estaba vestido con una antigua capa negra y llevaba una máscara con pico de pájaro.

Dándose cuenta de su estupor, Eco preguntó con tono desdeñoso:

—No reconoces ese traje, ¿verdad?

—¿Por qué? ¿Debería?

—Deberías. Pertenecía al conde Cenere, explicó el Incendiario.

«El conde Cenere», pensó Tommaso, sorprendido. El hombre de la policía secreta de la Serenísima República de Venecia que había perseguido a Peter Dedalus, y que más tarde prendería fuego a su laboratorio de la Isla de las Máscaras.

—Fue él quien nos enseñó la «vía», precisamente aquí, en Venecia, hace ya muchos años.

Eco se interrumpió al oír un ruido repentino. Era como si alguien estuviera corriendo sobre el tejado de la nave.

Eco y Tommaso alzaron la vista, siguiendo el extraño ruido. El Incendiario frunció el ceño, perplejo.

—¿Qué ha sido eso? —Se levantó de la butaca con forma de mano y se dirigió lentamente hacia la puerta de la nave, mientras el ruido del tejado se detuvo de golpe.

Tommaso se levantó de la silla. Mientras controlaba por el rabillo del ojo al conde Cenere, a Eco y el tejado, intentaba decidir rápidamente qué hacer.

A través de los enormes ventanales vio las nubes oscuras del cielo. La sala era inmensa y estaba casi vacía, salvo por unos cuantos objetos, como aquel maniquí con una antigua máscara veneciana…

Al observar el maniquí del conde Cenere, repentinamente Tommaso tuvo la certeza de que Venecia albergaba un lugar imaginario: la Isla de las Máscaras de los diarios de Ulysses Moore.

Para llegar a un lugar imaginario hacían falta dos cosas. Una guía y un objeto de aquel lugar…

Eco había ido a la puerta y la había abierto de par en par: un coloso con traje de chaqueta oscuro que escrutaba el tejado.

Tommaso se acercó de puntillas hasta el maniquí.

—Habrá sido un gato… —refunfuñó Eco con un suspiro, disponiéndose a cerrar de nuevo la puerta.

Pero, antes de que pudiera hacerlo, algo le pasó como una flecha por entre las piernas.

Tommaso se detuvo de golpe. A través de uno de los grandes ventanales vio una silueta que saltaba del tejado y aterrizaba en el suelo.

Se restregó los ojos, incrédulo.

Era un mono.

El **Arsenal**

Venecia ❧ *Italia*

Capítulo 7
La BIBLIOTECA

Villa Argo crujía lentamente bajo el tibio sol de la mañana. Julia estaba sentada en el centro de la biblioteca, bajo el enorme fresco del árbol genealógico de los Moore, que partiendo del fundador del clan familiar, Xavier, se ramificaba hasta llegar al último descendiente de la familia, Ulysses.

Julia había esperado a que sus padres se fueran al pueblo para iniciar su búsqueda.

A diferencia de su hermano Jason, a Julia no le gustaba especialmente aquella colección de volúmenes de títulos dorados y lomos gruesos como ladrillos. Sin embargo, sí le gustaba que una buena parte de las estanterías girara sobre sí misma, abriendo pasadizos secretos por los que subir y bajar a escondidas de un piso a otro de la casa.

Lo primero que había hecho Julia había sido examinar las estanterías con las placas de latón para comprobar que la libreta no estaba simplemente fuera de su sitio.

Había pasado un par de horas mirando hacia arriba y recorriendo con el dedo un volumen tras otro, sorprendida por la variedad de libros absurdos que se encontraban allí dentro.

De la libreta, obviamente, ni rastro. Solo había dos libros que podían estar relacionados con Morice Moreau. El primero era un ensayo sobre los ilustradores de finales del siglo XVIII titulado *Pintores de papel*, que contenía la siguiente nota sobre el artista francés:

Morice Moreau (Toulouse, 1863 - Venecia, 1948). Pintor francés. Ilustró más de cincuenta libros de viajes y aventuras.
Entre sus obras más famosas destacan Los viajes de Gulliver, *la edición Oro y Marfil de las novelas de Julio Verne, y las obras* Del Polo al Ecuador *y* Mitos del mundo perdido, *dedicado a las leyendas de las antiguas civilizaciones.*

La segunda obra era un cuaderno, aún más interesante, en cuya tapa una mano había escrito con caligrafía primorosa:

Asociación de los caballeros
también conocidos como
«Viajeros Imaginarios»
Sede de Frognal Lane, 23

Registro de presentes y ausentes
(presuntos o imaginarios)
del año 1908-1909

El cuaderno contenía una lista de los miembros presentes en las reuniones. Cada página estaba subdividida en columnas y filas apretadísimas. Los caballeros del Club de los Viajeros Imaginarios firmaban en el renglón correspondiente. Los socios oscilaban entre doce y veinte, y en el período cercano a la Navidad eran unos treinta. Los nombres que se repetían con más frecuencia eran siempre los mismos: el señor Moore —dueño de la casa—, el italiano Marinetti y después, naturalmente, la doble M entrelazada del francés Morice Moreau.

Parecía que el Club de los Viajeros Imaginarios sentía predilección por la letra «M».

De vez en cuando, en las páginas del registro había algunas anotaciones. En marzo, por ejemplo, el compilador, el señor Guadalupi, había recordado que: «El señor y la señora Soreson informan sobre su viaje imaginario por los lagos de Curlandia. A continuación, refresco con los productos típicos de aquella tierra hostil, a base de escamas de pescado de oro». Diez páginas después, el señor Frisch había escrito: «Lectura de los diarios del señor Bulwer-Lytton sobre su viaje imaginario a Agarthi». Presentes: cinco personas, entre ellas el ilustrador Morice Moreau.

Julia se colocó el registro sobre las rodillas y siguió hojeándolo y leyendo las diversas anotaciones, que se fueron ha-

ciendo cada vez menos frecuentes. Echó una ojeada a las últimas páginas y vio que estaban vacías, como si las reuniones se hubieran interrumpido a principios de verano. La última página era del 19 de junio de 1909. Contenía una anotación sobre la muerte reciente de uno de los caballeros y el «informe del señor Moreau sobre su intención de emprender una expedición en busca del pueblo imaginario de Arcadia».

—¡Bingo! —murmuró Julia, colocando el dedo encima del registro. Acababa de encuadrar mejor el viaje del misterioso autor de la libreta.

Mil novecientos nueve.

Julia hojeó un poco más el registro en busca de más datos interesantes. Después lo cerró y permaneció sentada en el suelo, pensando. Después de todo, saber que Morice Moreau había ido a Arcadia en 1909 no le resultaba tan útil. ¿Cuántos años tenía entonces? Cuarenta y seis. Esa información también resultaba bastante irrelevante.

En cualquier caso, su descubrimiento no la ayudaba a recuperar el ejemplar de la libreta que había desaparecido de la biblioteca.

Intentó repasar mentalmente lo que sabía: la libreta era un libro ventana. Hojeándolo era posible ver, como si fueran ilustraciones, a todos los lectores que en ese momento estuvieran asomados a esas mismas páginas de ese mismo libro. Los libros ventana eran muy raros y su fabricación se llevaba a cabo en absoluto secreto. Existían por lo menos cuatro ejemplares. El primero lo había encontrado Anna en

el estudio veneciano de Morice Moreau y estaba incompleto: las últimas cuatro páginas estaban en blanco. Probablemente era el ejemplar que había pertenecido al ilustrador, quien se lo habría llevado consigo a su última ciudad de residencia. Según la enciclopedia de los *Pintores de papel*, Moreau había muerto en 1948. Si había tardado, como decían, siete años en pintar los frescos de la Casa de los Garabatos, eso quería decir que tenía que haberse ido a vivir allí al menos en 1941. Y, por tanto, habrían pasado treinta y dos años entre su viaje a Arcadia y su aparición en Venecia.

—Treinta y dos años no son pocos… —murmuró Julia, sin dejar de pensar.

Pasó revista a todo lo que sabía sobre los otros tres ejemplares de la libreta de viaje. Uno estaba en manos de la misteriosa figura que pedía ayuda a través de sus páginas: la mujer de Arcadia que había sido el principal acicate para emprender aquel viaje. El segundo ejemplar estaba en manos de un hombre bajito sentado encima de una pila de cojines. Una persona malvada, decía Anna. Un Incendiario, probablemente. ¿Dónde estaba? Quizá en Londres, donde también se encontraba la sede del Club de los Incendiarios.

Quedaba un último ejemplar y un cuarto lector, que no habían aparecido nunca en el marco negro. Como si la libreta no estuviera en manos de nadie. Perdida.

En un momento determinado, Julia oyó cómo se abría la puerta de la cocina en el piso de abajo y reconoció el paso

claudicante del viejo Nestor, ya de vuelta de su expedición a la Casa de los Mil Ecos.

Esperó a que el viejo jardinero llegara a la biblioteca y después le preguntó:

—¿Cuántas personas tenían libre acceso a tu biblioteca, Nestor?

Él tardó unos minutos en contestar. Miró el registro que la chica tenía en las rodillas y le preguntó dónde lo había encontrado. Julia le indicó una de las estanterías.

—No muchos —respondió Nestor al final—. Mi mujer, Leonard…

—¿Y ya está?

—Peter y Black leían muy poco. Tampoco las hermanas Biggles sentían una gran pasión por los libros. Además, cuando nos hicimos mayores, dejamos de vernos. Después del Gran Verano, cuando nos repartimos las llaves de la caja roja, no todos estuvieron de acuerdo con…

—Hacer desaparecer Kilmore Cove del mapa.

—Exacto.

—¿Y qué me dices del padre Phoenix? —preguntó Julia.

—El padre Phoenix estuvo fuera del pueblo bastantes años cuando decidió hacerse sacerdote. Como Clio Biggles cuando supo que esperaba una niña. Cuando el padre Phoenix volvió al pueblo para hacerse cargo de la parroquia vino a verme alguna vez, pero… no recuerdo haberle prestado nunca ningún libro.

—¿No lo recuerdas o no se los has prestado?

—La libreta de Moreau venía directamente de Londres —recordó Nestor—. Formaba parte de la colección de libros que mi abuelo quería destruir y que mi padre, sin embargo, intentó salvar. Así que es difícil que yo se la haya enseñado o se la haya prestado a alguien.

—Pues alguien la ha cogido —concluyó Julia.

—Pero ¿por qué?

—¿Porque tenía un interés particular en su contenido? —sugirió Julia—. ¿O tal vez porque quería encontrar el pueblo que muere? —Se quedó pensando un momento—. ¿Y qué me dices de Leonard y Calypso? —le preguntó al final—. Han sido ellos los que han entregado tus diarios a un traductor, ¿no? Y Anna ha encontrado Kilmore Cove precisamente gracias a esos diarios. Quizá detrás de todo esto haya algo que tú tampoco conoces… un secreto que ni siquiera el gran Ulysses Moore ha conseguido desvelar. Al fin y al cabo, Leonard no ha perdido nunca la esperanza de descubrir quiénes son los constructores de las Puertas del Tiempo… Ahí podría estar la clave.

Nestor se apoyó con todo el cuerpo contra la jamba de la puerta.

—No todos los misterios tienen una explicación, Julia. Dedicamos veinte años a buscar la respuesta a todas esas preguntas.

—¿Y después?

—Después descubrimos que era demasiado peligroso seguir buscando —prosiguió él en voz baja—. Ninguno de

nosotros ha descubierto quiénes son los constructores de puertas. Ni Penelope, ni mis amigos, ni yo. Ni siquiera mis antepasados lo sabían. Solo tenemos las llaves y las puertas. Y nada más. A veces es mejor no ahondar demasiado en los misterios.

—Estoy de acuerdo contigo, Nestor. Pero, evidentemente Leonard, Calypso y mi hermano no son de la misma opinión.

—Los constructores de las Puertas del Tiempo han muerto, Julia —replicó Nestor—. No hay más misterios que desentrañar.

—Y entonces, ¿por qué has mandado a los chicos y a Anna en busca de esa mujer?

Nestor se frotó las manos sin responder.

—¿Quizá porque todavía sigue habiendo Viajeros Imaginarios? —dijo Julia por él.

La puerta acristalada de la sala de la torre se abrió súbitamente de par en par y chocó con estruendo contra la pared. Un viento repentino silbó por las escaleras, moviendo todos los marcos de los retratos de los antepasados de la familia Moore.

Nestor se precipitó a cerrar la ventana; como siempre, se había abierto sola. Cuando se dio la vuelta, vio que Julia estaba pálida y parecía asustada.

—¿Qué te pasa? —le preguntó.

—Ese viento… —dijo la chica.

—La ventana de siempre.

Julia sacudió la cabeza.

—No, venía de abajo… del subterráneo… de la gruta.

Nestor se aseguró de que la ventana estuviera bien ce-rrada. Después se pasó una mano por la cabeza. Una arru-ga profunda surcaba su frente.

—Te equivocas —dijo poco convencido.

Capítulo 8
La **POSADA** *de las* **VELAS**

—¿Y ahora? —les preguntó Rick a los otros dos.

El autobús les había dejado en la plaza del pequeño pueblo de M. El aire era fresco y puro, y se podía contemplar una panorámica espectacular de los Pirineos, cubiertos de extensos bosques de un verde intenso. Las cimas más altas se erguían por encima del pueblo y, en el lado opuesto, se suavizaban transformándose en colinas y después en la llanura de Toulouse.

Anna se puso un jersey.

Rick dejó la mochila en el suelo y miró a su alrededor. La plaza en la que se encontraban era pequeña, más o menos circular, con una fuente de piedra en el centro. El agua cristalina brotaba de un caño curvo de metal y acababa re-

cogida en la parte central. Bandadas de golondrinas revolo-
teaban en el cielo.

La única persona que vieron estaba sentada a una mesa,
bajo un letrero chirriante que decía: «Auberge de la Paix».

Había tiestos de mimosas y flores silvestres que exhala-
ban un perfume embriagador.

—¿Comemos algo? —propuso Jason—. Y así de paso
obtenemos algo de información.

Rick miró a su alrededor: el sol tibio y las montañas le
daban ganas de caminar.

—Podemos preguntarle a aquel viejecito… —bromeó
Anna—. A lo mejor conoce el camino para llegar al pueblo
imaginario de Arcadia.

Como si la hubiera oído, el hombre que estaba sentado a
la mesa se llevó un vasito azul celeste a los labios y lo vació
de un trago.

—¡Salud! —dijo.

—Salud —le respondió la chica.

El hombre se limitó a observarla con una mirada trans-
lúcida por culpa de las cataratas. Dejó el vaso y sonrió.

—Estábamos buscando un sitio para comer algo —dijo
Jason en un francés lento pero correcto.

—Lo habéis encontrado —respondió el viejo entre tos y
tos—. El mejor sitio para comer algo. ¡Y el único! Je, je, je…

Franquearon la puerta de madera maciza. El Auberge de
la Paix parecía salido de un mundo olvidado: techo bajo
con vigas de madera oscura, pequeñas mesas redondas con

manteles rústicos, ramilletes de flores secas y velas. En el interior olía a carne asada y a queso.

Absolutamente irresistible.

—Cuidado con lo que decís… Intentemos no llamar demasiado la atención —murmuró Jason, una vez dentro.

—No creo que haya problemas. ¡Mira cuánta gente!

Dentro no había ni un alma. A medida que se acercaban al mostrador, el olor a comida y brasas se iba haciendo cada vez más intenso y penetrante. La lista de los platos, todos incomprensibles, estaba escrita a mano en una pizarra situada en un rincón.

Los tres decidieron ir a sentarse a una de las mesas más alejadas de la entrada. Los vasos de cristal estaban colocados boca abajo encima del mantel. Les dieron la vuelta y esperaron.

De detrás de una cortina asomó el rostro rubicundo de la dueña. Una mujer lozana con modales rudos y una nariz pronunciada. Llevaba en la cabeza un pañuelo idéntico al mantel. Fue hasta la mesa con paso decidido y una jarra de agua helada en la mano.

La dejó en la mesa con un gesto tosco y les preguntó qué querían comer.

Rick examinó rápidamente la lista de platos que había en la pizarra y pidió al buen tuntún una *cassoulet*.

La mujer no pestañeó.

—Para mí también —decidió Jason.

Los dos amigos miraron a Anna.

—¿Está buena? —preguntó ella.

—Muy buena —respondió la dueña—. ¿Entonces tres *cassoulettes*?

—Vale —concedió Anna, un poco molesta por aquellos modales tan bruscos.

—¿Vino?

—No, gracias —respondió Jason—. ¿Tiene Coca-Cola?

—No.

—¿Gaseosa?

—Tampoco. Tenemos vino. O agua. Agua ya tenéis. El vino podéis pedirlo si queréis.

—Entonces agua —decidió Anna.

La mujer desapareció detrás de la cortina. Sus pasos resonaron en el suelo como martillazos.

—¡Uf! ¡Qué simpática! —resopló Rick, perplejo.

—¿Tú sabes lo que hemos pedido?

—Hemos pedido lo primero que estaba escrito en la pizarra.

Detrás de la cortina se oyó un trajín sospechoso. Y después el chisporroteo de la mantequilla derritiéndose. Como para hacérsele a uno la boca agua.

Jason sirvió agua para todos, y mientras miraban la plaza a través de la ventana empezaron a repasar los hechos.

—Las indicaciones claras acaban aquí —dijo—. De ahora en adelante tendremos que improvisar.

Rick se bebió tres vasos de agua helada seguidos.

—La libreta no dice mucho —prosiguió Jason—. Y los dibujos no están muy claros. Después del hombre mirándose en el espejo, aparece el mismo hombre paseando junto a un arroyo.

—Primer punto: ¿encontrar el arroyo? —sugirió Anna.

—¿Y luego?

—Luego ya veremos.

—¡Un plan genial!

Guardaron silencio durante un rato.

—Quería mandarle un mensaje a mi madre, pero no sé qué decirle —dijo Anna.

—Dile que te has equivocado de avión.

—«Hola, mami. Todo bien. Me he equivocado de avión. Llego mañana.» Fantástico.

Rick y Jason rogaron en voz baja que la disculpa de la excursión sorpresa a Londres resultase algo más creíble.

La cortina restalló de repente y se abrió. La mujer de antes apareció con tres cazuelitas de barro humeantes. Las dejó en la mesa, después sacó del bolsillo un encededor y encendió la vela que estaba en el centro de la mesa. Sin decir ni una palabra, se dio la vuelta y se fue. Los chicos se quedaron mirando el contenido de los platos.

La *cassoulet* era una especie de potaje denso, color ladrillo, con trozos de hueso flotando y…

—Judías —concluyó Jason. Ya había metido la cuchara en aquel potaje hirviendo y estaba dejando caer los distintos ingredientes a fin de poder identificarlos.

—Patata. Berza. Trozo de carne. Trozo de carne rara. Esto... esto parece... una pata de cerdo.

—Y lo es —decidió Rick, mientras movía a su vez el contenido de la cazuela. Probó una cucharada. Estaba quemando. Ardiendo.

Anna puso cara de asco y apartó la cazuela de *cassoulet*.

—Se me ha quitado el hambre —decidió.

Sacó de la mochila la libreta de Morice Moreau.

—Voy adelantando trabajo —anunció mientras la abría.

—Ten cuidado con el tipo de los cojines... —le advirtió Jason—. ¡Hoy lo he visto!

—¿De verdad? ¿Y qué te ha dicho?

Los dos chicos tenían las mejillas sonrosadas, las mandíbulas en funcionamiento y los ojos llorosos. Sin dejar de comer, Jason le contó a Anna la conversación que había mantenido con el hombre, y a continuación hojeó la libreta para ver si en aquel momento había otros lectores. Se concentró en la página del viajero que estaba caminando junto al arroyo. Después pasó las hojas siguientes hasta llegar a las páginas que estaban en blanco. Como si Morice Moreau no hubiera tenido nada más que pintar. O no hubiera tenido tiempo de hacerlo.

Jason se limpió la boca con la servilleta.

—¿Te vas a comer el potaje o no?

Anna negó con la cabeza.

—Es un poco raro, ¿no? —dijo—. ¿Por qué no habrá dibujado ni escrito nada en esas páginas?

Jason se estiró por encima de la mesa para coger la *cassoulet* de Anna.

—Si no te la comes tú, nos la acabamos nosotros.

Cogió la cazuela de barro y, al pasarla por encima de la vela, se quemó la mano.

—¡Cuidado! —exclamó Anna.

Demasiado tarde: Jason golpeó la vela con la cazuela de barro y la vela cayó sobre las páginas abiertas de la libreta.

Anna fue rapidísima. Apagó enseguida la llama y acto seguido le lanzó a Jason una mirada fulminante digna de Julia.

—¿No podrías tener un poquito más de cuidado? Por poco quemas la libreta.

—Lo siento… —se disculpó Jason—. No lo he hecho aposta.

—¡Eh, mirad! —exclamó entonces Rick—. ¡Mirad las páginas!

Anna bajó los ojos y miró la libreta. En las páginas, en torno al área sobre la que había caído la vela, estaban apareciendo unas extrañas manchas.

Solo que no eran manchas, sino dibujos. Dibujos estilizados que el calor desprendido por la llama había hecho aparecer lentamente.

—Zumo de limón —intuyó inmediatamente el chico pelirrojo—. ¡Qué tontos hemos sido! ¡No eran páginas en blanco! ¡Estaban escritas con zumo de limón! ¿No habéis escrito nunca un mensaje secreto con zumo de limón?

Jason y Anna negaron con la cabeza.

—Mojas la pluma en el zumo de limón, escribes lo que quieras y, cuando el limón se seca, desaparece. Para leer el mensaje tienes que calentar la hoja.

—¿Y el zumo de limón resiste más de cincuenta años?

—A lo mejor no ha usado zumo de limón sino algo parecido. Después de todo era un pintor, ¿no? Y… ¡mirad!

En la página donde había esbozado un puercoespín y las letras «TER» y «R», ahora había aparecido un dibujo mucho más complicado. El puercoespín se encontraba bajo las arcadas de un acueducto romano.

Las letras, que antes parecían colocadas aleatoriamente en el folio, ahora formaban una breve frase:

Tres columnas abren la vía de la hierba
que conduce a la frontera del agua.

—¡Atiza! —exclamó Anna—. ¡Atiza!

—¡Rápido! —dijo Jason casi gritando—. Pasa la vela por las otras hojas.

Con cuidado para no quemar la página, acercaron la llama al papel. Poco a poco fueron saliendo a la luz más dibujos y frases escritas. En la primera de las páginas en blanco apareció una mujer alada con una lanza en ristre.

En cuanto lleguéis a la frontera,
mostrad los documentos para poder continuar.

Seguidamente, la mano de Morice Moreau había dibujado una verja que se abría sobre un pequeño lago.

> *Si la verja está cerrada, acordaos de no llamar.*
> *No resulta descortés, sin embargo, cerrar el agua.*

Más adelante aparecía la silueta de una torre coronada por árboles de cuyas copas caían al vacío pequeños hombres estilizados.

> *Aconsejamos encarecidamente no detenerse a reposar*
> *durante el ascenso:*
> *desconfiad de engañosos refugios.*

Cuando la propietaria volvió para recoger los platos, encontró a los chicos en torno a una libreta con la vela todavía en la mano.

Carraspeó y los tres se dieron la vuelta de golpe.

—¿Algo más? —preguntó impasible.

—Hum, sí… Una preguntita… —le respondió Jason, mientras Anna escondía rápidamente la libreta—. ¿Hay un arroyo cerca del pueblo?

—¿O un antiguo acueducto romano?

Capítulo 9
La ESTACIÓN de los MONOS

No era un mono.

Eran muchos monos. Al menos una decena corría sobre los tejados de las naves del Arsenal para después saltar al suelo y corretear sobre los jardines que rodeaban la dársena.

Cuando el primero pasó disparado por entre las piernas de Eco, el Incendiario lanzó una exclamación y se apartó a un lado, horrorizado.

—¡Fuera de aquí, bicho!

Pero el mono corrió a cuatro patas sobre el suelo de resina, saltó encima del cubo de plástico transparente y se puso a gritar y a dar alaridos.

Eco cerró la puerta de un portazo, volvió rápidamente sobre sus pasos y cogió el paraguas lanzallamas.

—¡Te he dicho que salgas de aquí! —rugió, apretando el mango del paraguas—. ¿No me has oído? ¡Y tú quédate ahí quieto, jovencito!

Por toda respuesta, Tommaso se escondió detrás del cubo. Oyó el chasquido de un gatillo y después vio una llamarada de fuego que salía del paraguas del Incendiario. El mono dio un chillido y saltó al suelo.

A su vez, Tommaso se encontró de bruces en el suelo. Ni siquiera se había dado cuenta de que había sido él mismo el que se había tirado.

—¡FUEEERAAA! —gritó Eco, alzando de nuevo el paraguas humeante.

El cubo empezó a derretirse como si fuera un pedazo de mantequilla y un intenso olor a plástico chamuscado se propagó por el interior de toda la nave. El mono echó a correr y Eco lo siguió.

Tommaso se incorporó y, sin pensárselo dos veces, cogió la capa y la máscara del conde Cenere y puso pies en polvorosa.

—¡VEN AQUÍ! —gritó Eco.

Tommaso no sabía si se dirigía a él o al mono. En cualquier caso, no era el momento de averiguarlo. Se lanzó en la dirección opuesta a la del Incendiario.

Hubo otra llamarada de fuego. Parte de la pared quedó ennegrecida por el humo. El mono trepó gritando por una de las tuberías de cobre y desde allí saltó a las vigas del techo.

—¡Y TÚ, ESTATE QUIETO! —le ordenó Eco a Tommaso.

Pero él no obedeció. Atravesó la nave corriendo a todo correr hasta llegar a una zona no iluminada por las lámparas de neón del techo. Buscó a tientas una salida.

Detrás, Eco lanzó una tercera llamarada hacia el techo.

Tanteando las paredes de la nave, Tommaso encontró una puerta cerrada. Intentó abrirla pero solo le respondió el ruido metálico de una cadena con candado. Echó a correr de nuevo, encontró una segunda puerta y entró en otra nave. Un espacio enorme, desierto y desolado como el primero. A través de una abertura tan grande como una locomotora, Tommaso entró en una tercera habitación, idéntica a las precedentes.

En medio del gris uniforme que lo rodeaba, Tommaso vislumbró un haz de luz que entraba por debajo de una puerta metálica. El extremo inferior izquierdo de la puerta estaba doblado hacia arriba, como cuando doblamos la esquina de una hoja de un libro para acordarnos de la página por la que vamos. A través de la abertura se podía ver la grava de un porche exterior. Una vía de fuga.

Tommaso se lanzó hacia el agujero, pero era demasiado estrecho como para poder pasar por él.

Miró hacia atrás. Eco gritaba:

—¡RANIERI STRAMBI! ¡RANIERI STRAMBI!

El corazón empezó a latirle atropelladamente. Metió la máscara y la capa del conde Cenere por la abertura. Des-

pués cogió el pico de la hoja metálica e intentó doblarlo hacia arriba.

¡ZAS!, hizo el paraguas lanzallamas de Eco en la nave anterior a aquella en que se encontraba Tommaso. Por un instante una medusa de luz devoró la oscuridad gris, arrastrando sus tentáculos ardientes casi hasta el chico.

Tommaso tiró con todas sus fuerzas y la hoja sutil se dobló, se dobló y se volvió a doblar.

Con los dientes apretados por el esfuerzo y la frente perlada de sudor, el chico se dio cuenta de que estaba casi a punto de lograrlo.

Casi a punto de…

¡LOGRARLO!

Soltó la presa de golpe, cuando las manos empezaron a dolerle. Se encontró de bruces en el suelo, con los dedos doloridos y manchados de orín.

Empezó a arrastrarse a través de la abertura que acababa de agrandar. Sacó la cabeza fuera y vio un porche invadido por la maleza y todos los tejados de las naves llenos de monos que corrían como enloquecidos. A lo lejos divisó una grúa de los astilleros que se parecía a la perforadora de un pozo petrolífero.

Se arrastró hacia delante, apretándose contra el suelo para que pasaran los hombros. Se desgarró la camiseta pero siguió arrastrándose. Ahora sentía la grava y los hierbajos bajo las mejillas y supo que casi lo había conseguido.

¡Estaba fuera!

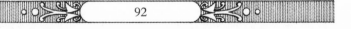

Los hombros pasaron tras un último tirón que le hizo un rasguño en la piel.

Siguió arrastrándose a través de la abertura. Tronco, cintura, pelvis.

En cuanto salió afuera, se incorporó de golpe.

—¡Sí! —gritó, recuperando la ropa del conde Cenere.

Era libre.

Vio el resplandor de las aguas de la laguna y se dirigió hacia allí a toda velocidad.

Dobló la esquina de la nave y se pegó a la pared.

El cielo estaba aún más oscuro que unas horas antes. No parecía que era por la mañana.

Empezó a bordear el edificio, adherido a la pared. Cada vez que creía oír la voz de Eco se detenía. Cuando veía una llamarada de fuego, se detenía.

Y cuando se detenía intentaba encontrar una explicación a lo que le estaba pasando.

¿Llamaradas de un paraguas? ¿Monos en Venecia?

Sin dejar de mirar a su alrededor para asegurarse de que nadie lo veía, recorrió la distancia entre dos naves conteniendo la respiración. No sabía si aquel lugar estaba realmente abandonado como parecía o si, por el contrario, estaba vigilado por otros Incendiarios.

Oyó un ruido. Uñas arañando la pared. Después una sombra pasó como una flecha a su lado, deteniéndose a unos pocos pasos por delante de él.

Era otro mono.

Capítulo 10
La DANZA MECÁNICA

Tommaso no entendía nada de nada.

En Venecia no había monos.

Había un león alado en la plaza de san Marcos. Había unos caballos en la fachada de la catedral. Había un dragón, el dragón de san Teodoro, que parecía un caimán.

León. Caballo. Caimán. Dragón.

Pero monos, no.

Excepto el de Morice Moreau, el mono que estaba representado en la Casa de los Garabatos.

Y, sin embargo, ahora tenía uno parado delante de él, mirándolo desconfiado con sus ojos color ámbar abiertos de par en par y los labios encogidos, dejando al descubierto dos filas de dientecillos afilados.

Tommaso dio un paso hacia la izquierda. Y el animal lo imitó, como para impedirle continuar. Él dio un paso a la derecha. Y el mono lo imitó de nuevo.

«No —parecía que quisiera decirle—. Por aquí no pasas.»

—Morice —dijo entonces Tommaso, tocándose el pecho con el índice—. Yo soy amigo de Morice. Morice Moreau.

El mono enseñó aún más los dientes y chilló:

—¡FFFSHHH! ¡SCRCIII SCRCIII!

—Amigo. Amigo.

—¡MRRRIIIC! —gritó el mono.

—¡Sí, sí! —exclamó el chico, creyendo reconocer en aquel sonido el nombre del ilustrador—. ¡Morice! ¡Amigo de Morice!

—¡MRRRIIIC!

«Es imposible —pensó Tommaso—. Este es un mono salvaje, crecido entre las naves abandonadas del Arsenal. ¡No puede ser el mono de Morice Moreau! ¿Cuántos años hace que murió Moreau? ¿Cincuenta? ¿Sesenta?»

Y los otros monos… ¿de dónde venían? ¿Y por qué nadie los había visto antes? Mil preguntas y ninguna respuesta. Le daba vueltas la cabeza.

¡ZAS!, hizo el paraguas lanzallamas de Eco.

—¡Morice! —gritó Tommaso mirando desesperadamente a sus espaldas. Le parecía sentir una lengua caliente de fuego en la cara. Dio un paso adelante, hacia el mono.

—¡Llévame con Morice!

El animal se balanceó, pasando el peso de una pata a otra como para decidir qué hacer. Otras siluetas extrañas danzaban sobre los tejados de alrededor.

En ese momento el mono se dio la vuelta y se puso a correr a cuatro patas sobre el accidentado terreno. Recorrió unos cuantos metros y después se detuvo para mirar al chico.

«Quiere que lo siga», pensó Tommaso, con un nudo en la garganta.

Dio un par de pasos hacia el animal.

El mono arqueó el lomo y se dirigió hacia la laguna, plana y distante.

Tommaso decidió seguirlo sin hacerse más preguntas.

Pasaron por delante de hileras e hileras de naves y patios vacíos. Llegaron hasta una dársena y la bordearon. Sus siluetas se reflejaban en las aguas inmóviles: el mono iba delante y Tommaso, con la capa y la máscara del conde Cenere debajo del brazo, justo detrás. La iluminación que se distinguía al otro lado de la laguna eran las luces mortecinas de san Michele, el cementerio de Venecia.

La Isla de los Muertos.

El mono corría veloz, como si conociera bien el camino. A lo largo de la dársena se veían, a intervalos regulares, los atracaderos de las embarcaciones, pero no había ninguna amarrada.

Las aguas fangosas de la laguna golpeteaban rítmicamente contra la piedra, dejando tras de sí algas y viscosas caricias.

La dársena terminaba en un cobertizo: un lugar cubierto con una vieja techumbre. Había cuerdas de marinero tiradas por el suelo junto a redes incrustadas de conchas y varias embarcaciones protegidas por lonas de plástico. El olor a pescado y algas era casi insoportable. A la sombra del tejado, el agua era negra como la tinta: las siluetas de los otros monos se recortaban contra el cielo.

«Esta es su guarida —pensó Tommaso, mirando las barcas tapadas con las lonas—. Se esconden aquí, sobre el agua.»

Su guía se detuvo delante de una especie de góndola cubierta con una lona lisa y vieja, atada con una cuerda sutil como una telaraña.

—¡MRRRIIIC! ¡MRRRIIIC! —empezó a chillar, saltando sobre las piedras.

Era como si intentara decirle que subiera a la góndola.

Tommaso dejó la máscara y la capa del conde Cenere en el suelo y se inclinó sobre el agua negra para coger un extremo de la lona que cubría la embarcación.

Como si fuera un sudario, la lona se alzó y cayó al agua, abriéndose como una enorme hoja. Después se hundió.

—¿Y ahora?

—¡MRRRIIIC! —chilló aún más fuerte el mono, poniéndole la piel de gallina.

Tommaso apoyó la rodilla en el atracadero y soltó la cuerda que sujetaba la embarcación.

—Por mil… —murmuró. Rozó la madera negra con la punta de los dedos—. ¿Tú lo sabías? —le preguntó al mono.

El animal inclinó el morro primero hacia un lado y después hacia el otro, mirándolo fijamente con sus ojos ámbar.

Los dedos de Tommaso habían ido bajando por la madera pulida de la embarcación hasta llegar a rozar dos letras doradas grabadas en la proa. Las reconoció enseguida.

Eran una «P» y una «D».

El mono subió a la embarcación y lanzó un grito. Después saltó sobre las barcas cercanas y desapareció.

En menos de diez segundos, todos los ojos que hasta ese momento estaban observando a Tommaso desaparecieron en la nada, engullidos por los misteriosos meandros de la ciudad mágica.

El chico se quedó solo, con la capa y la máscara del conde Cenere como única compañía.

Solo ante la góndola de Peter Dedalus, construida en la Venecia del siglo XVIII.

Pedaleaba lentamente, casi dejándose llevar por la góndola. El perfecto mecanismo construido por el relojero de Kilmore Cove hacía más de tres siglos funcionaba como si acabaran de engrasarlo en ese mismo instante. Era como ir en una barca de pedales.

Tommaso bordeó las casas del barrio de Castello como flotando en un sueño. A medida que los minutos de aquella extraña mañana volaban ante él, fue adquiriendo conciencia de que ya no tenía miedo. No tenía miedo de que volvieran a capturarlo los Incendiarios ni de que alguien se diera cuenta de que no había ido al colegio.

Metió una mano en el bolsillo y buscó el móvil, pero no lo encontró. Después se acordó de que se lo había quitado Eco. Ahora no podría comunicarse con Anna.

Pedaleando, dejó atrás, a la izquierda, el barrio de Castello y llegó a las calles cercanas al canal de los Mendigos. Dobló por un canal y después por otro, y apareció casi de improviso en la gran serpiente de agua del canal Grande, que refulgía. Lo cruzó haciendo tictac como una pulga acuática, en dirección al sur, hacia Dorsoduro.

No quería ir al colegio, ni tampoco volver a casa. No. No esa mañana.

No volvería a casa.

Ahora tenía la certeza. Había entrado a formar parte de la familia de Ulysses Moore. Y, por tanto, había un solo lugar adonde ir. Mejor dicho, dos. El primero era la Casa de los Garabatos, donde había empezado todo. Tenía que regresar allí enseguida, antes de que Eco y los Incendiarios estuvieran de vuelta. Tenía que regresar para dejarle un mensaje a la madre de Anna. Y también porque se le había ocurrido una idea.

El segundo era un lugar que existía solo fuera del tiempo y no en el mapa de Venecia.

Tommaso pedaleaba velozmente. Sabía que tenía que darse prisa.

Primero la Casa de los Garabatos.

Y después la calle del Amor de los Amigos.

El lugar donde, según Ulysses Moore, se escondía la Puerta del Tiempo de Peter Dedalus.

Capítulo 11
El VÁNDALO

La luz gris de la mañana londinense llegó a la oficina de Malarius Voynich por pura casualidad, se insinuó en el aire denso y cerrado y permaneció allí, mortecina.

El crítico literario más feroz de la ciudad, el hombre que con un solo trazo de bolígrafo podía decidir la suerte de decenas y decenas de escritores estaba sentado encima de la silla de barbero que le permitía llegar hasta el escritorio.

Era verdaderamente bajito, Malarius Voynich.

Las licenciaturas más dispares y los más prestigiosos certificados colgaban de las paredes de su estudio, como restos de una época pasada. Los marcos dorados, jamás desempolvados desde hacía años, oscurecían en el aire enrarecido. Los libros por leer parecía que hubieran sido descargados con una

carretilla en un rincón del estudio y yacían uno sobre otro como un montón de escombros. Un día, quizá, en un momento de curiosidad, Malarius Voynich cogería uno, miraría la portada, leería el nombre del autor, hojearía distraídamente las primeras páginas en busca de una inevitable imperfección estilística y, entonces, sin apelación posible, lo machacaría.

O bien lo exaltaría como una obra maestra, pero una obra maestra menor. Una obra maestra que no era maestra. Una lectura posible. Una pequeña idea. Una cosilla que incluso podía leerse.

Eso. Quizá sí. También podía hacer eso. Dependía del humor.

Y su humor esa mañana era más vivaz de lo normal. Se sentía casi… electrizado. Y no solo por el incendio nocturno que había reducido a cenizas la brillante idea de las cajas de las aventuras, sino también, y sobre todo, por la conversación que acababa de mantener con aquel brillante muchacho: Jason.

Añadió su nombre a la lista que tenía delante.

Su lista negra.

Después observó el mapa de Europa que tenía abierto al lado de la lista. Había clavado encima tres chinchetas: una en Cornualles, otra en Londres y la tercera en Venecia.

Cada chincheta sujetaba una hojita de papel: en la de Cornualles podía leerse el nombre de Ulysses Moore, el nieto degenerado del fundador de los Incendiarios, un «soñador romántico».

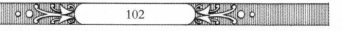

Pero si había algo que Malarius Voynich y el abuelo de Ulysses Moore tenían en común era el sentido práctico. Lo cual significaba decisiones rápidas y nada de sueños.

Lo importante ahora era impedir el posible regreso de los Viajeros Imaginarios.

—¡Os detendré! —rugió Malarius Voynich.

Había, sin embargo, algo que el señor Voynich no había conseguido clasificar en sus cajones con las placas de las letras del alfabeto.

Era la duda.

Y la duda no se encontraba en el cajón con la letra «D». Se encontraba en su mente. Y sonaba como… derrota.

Tamborileó con los dedos en el escritorio, dándole vueltas y más vueltas a la conversación que acababa de sostener a través de las páginas de aquella libreta.

La mano de Malarius Voynich se movió sobre la superficie de la mesa hasta posarse encima de su ejemplar de la libreta de Morice Moreau. Veinte páginas que contenían las instrucciones para llegar al Pueblo que Muere.

Arcadia.

Aquella libreta había sobrevivido por pura casualidad a la destrucción del Club de los Viajeros Imaginarios. Gran parte de la colección de informes sobre viajes imposibles, senderos escondidos, grutas que daban paso a misteriosos imperios subterráneos, ciudades hundidas en el mar o perdidas entre las más inaccesibles montañas del planeta había sido eliminada.

Pero aquella pequeña, minúscula libreta, no. Y había llegado sin saber cómo hasta el escritorio del señor Voynich, para atormentarlo.

Para hacer que la duda lo devorara.

A través de aquel libro era posible hablar con los demás lectores que se asomaban en el mismo momento a las mismas páginas.

Y funcionaba.

Funcionaba de verdad.

Así que… ¿qué era lo que había que quemar para eliminar el problema? ¿Todos los ejemplares de la libreta?

Malarius Voynich llevaba pensando en ello varios días. Desde que había recibido noticias preocupantes de Venecia y había enviado a los hermanos Tijeras a Cornualles.

«Seguid a esa chica», había ordenado. Y ahora esperaba el informe. Esperaba más datos para poder decidir qué hacer.

Lo que no esperaba era una llamada de teléfono.

Y sin embargo el teléfono estaba sonando.

Movió la palanca para bajar la silla de barbero y situarla a la altura del cajón con la letra «T», y sacó el teléfono.

Cogió el auricular y dijo:

—Voynich.

Era Eco.

—Ha habido un problema, señor Voynich —dijo el Incendiario de Venecia.

—¿Qué problema?

—Monos.

—¿Qué quieres decir con «monos»?

—Quiero decir que me ha atacado un ejército de monos, señor. Y que le he perdido la pista al joven Ranieri Strambi. Pero eso no es todo. El chico ha huido llevándose la capa y la máscara del conde Cenere.

—¡Tienes que recuperarlas! —vociferó Voynich—. ¡Enseguida! ¡Encuentra a ese chico!

—Lo he buscado, señor. No ha vuelto a casa. Y tampoco ha ido al colegio…

—Ve a la casa de Moreau.

—Ya he ido. Pero he llegado demasiado tarde. Tommaso Ranieri Strambi ya había pasado por allí. Estoy seguro porque… Sé que le parecerá raro, señor Voynich, pero el chico ha arrojado pintura blanca sobre los frescos de Morice Moreau. ¡Los ha… borrado!

Malarius Voynich apretó con fuerza el auricular.

—¿Pintura blanca? ¿Quieres decir que ha borrado los frescos de Morice Moreau?

—Un auténtico vándalo, señor. ¡Harán falta meses para sacar de nuevo todo a la luz!

—¿Y la restauradora? ¿La señora Bloom?

—Todavía no lo ha visto. Pero creo que le dará un ataque, señor. Y ahora tendremos que pagarle mucho más para que restaure todo el edificio.

—Pero ¿por qué se le habrá ocurrido hacer una cosa así a ese maldito mocoso? —preguntó Malarius Voynich—. ¿Qué quería demostrar?

—No lo sé, pero…

—¿Qué le has contado?

—¡Nada! No puede saber que hemos sido nosotros quienes hemos pagado la restauración de la casa. No lo sabe nadie. Y sin embargo… señor Voynich… están pasando cosas muy raras, aquí en Venecia. Los monos… ¡No había visto nunca antes monos en el Arsenal!

—No digas tonterías, Eco. Los monos son solo animales.

—Señor Voynich… hay cosas que no consigo explicarme. De verdad. Tenemos que resolver de una vez por todas el «problema Morice Moreau».

—Eso es exactamente lo que estamos intentando hacer, Eco. Restaurar los frescos para entender lo que Moreau quiso representar. Y por qué.

«¡Y para resolver por fin el enigma de la libreta parlante! —añadió Malarius Voynich con el pensamiento—. ¡Ese maldito enigma!»

—¿Sus órdenes, señor Voynich?

—¡Atrapa a ese chico! —ordenó el jefe de los Incendiarios—. ¡Búscalo por todas partes! No puede haberse evaporado.

—Lo intentaré, pero… Un momento, señor Voynich —dijo Eco. A través de la línea telefónica se oyó el estribillo de la música de Indiana Jones—. Fíjese, qué coincidencia. Acabo de recibir un mensaje. Bueno, mejor dicho, Tommaso Ranieri Strambi acaba de recibir un mensaje.

—¿Un mensaje? ¿Y qué dice?

—Es de Anna Bloom. Dice: «Hemos llegado a Toulouse y hemos despistado a los dos Incendiarios. Hemos cogido un autobús para M. Encárgate tú de tranquilizar a mi madre. Besos. A».

—¿Toulouse? ¿Por qué Toulouse? —se preguntó Malarius Voynich, mirando el mapa que tenía ante sí con los ojos fuera de las órbitas.

—¿Y de qué Incendiarios está hablando, señor Voynich?

Estudio *de* **Voynich**

Londres ❧ *Inglaterra*

Capítulo 12
La *FRONTERA del* AGUA

Tres figuras cargadas con sus mochilas subían por el sendero que salía de M. y se perdía entre las montañas. A su izquierda corría un arroyo. Los tres ascendían con paso decidido a través de los campos dorados. No paraban de hablar
y se intercambiaban continuamente el sitio. Normalmen-
te Rick caminaba delante de los otros, marcando el paso.
Anna, en medio, contaba cosas de Venecia y de la vida en
Italia, y Jason gastaba bromas continuamente, a cual más tonta, y les hacía reír.

En su comportamiento había una cierta dosis de incons-
ciencia y una tranquilidad envidiable. No miraban nunca
hacia atrás, sino que proseguían sendero adelante, seguros de
haber interpretado bien las indicaciones contenidas en la

guía. De vez en cuando, Anna se paraba para mandar un sms a Tommy. Encendía el móvil solo el tiempo necesario para escribir el mensaje y enviarlo. Temía ver aparecer el nombre de su madre o de su padre y tener así la certeza de lo preocupados que estaban.

Escribir a Tommy, sin embargo, le daba una cierta tranquilidad: era como mantener viva la única relación posible con su ciudad.

Mientras estaba sumida en esas reflexiones, el sendero dejó los campos y empezó a ascender, adentrándose en un bosque de árboles frondosos, con troncos nudosos y claros, y raíces que se enroscaban alrededor de las piedras como si fueran serpientes.

—Ya estamos en el bosque… —dijo Jason, acordándose del dibujo de la libreta—. Vamos por buen camino, ¿veis?

El bosque olía a musgo y helechos húmedos. El arroyuelo se estrechaba más y más a medida que subían y Jason intentaba impresionar a Anna atravesándolo de un salto en algunos puntos. Rick le repetía que no lo hiciera: la tupida hierba de las dos orillas estaba húmeda y Jason corría el riesgo de resbalar en las piedras.

Anna, sin embargo, sonreía: le gustaba el sentido práctico de Rick y estaba de acuerdo con él en todo. Pero no podía evitar dejarse contagiar por la exuberancia de Jason y por su forma de mostrarse tan espléndido en ciertos momentos y tan torpe en otros.

Subieron.

Y siguieron subiendo.

Aparecieron en una meseta rodeada de montañas. Un puente de piedra blanca cruzaba el arroyo.

—¿Y ahora? —preguntó Rick, mirando alrededor—. ¿Por dónde vamos?

Delante de ellos se erguía una montaña pelada, alta y escarpada como las murallas de un castillo. El sendero que acababan de recorrer terminaba junto al ojo del puente.

Unas bolitas redondas y duras señalaban el paso de un ciervo y el lento cantar de los grillos llenaba el aire con un sonido monótono y obsesivo.

Jason atravesó el puente y después llamó a los otros.

En la otra orilla del arroyo se veían los restos de un templete, probablemente un altar para una virgencita del camino que con el tiempo había desaparecido.

La teca de piedra estaba sostenida por tres pequeñas columnas.

—Tres columnas abren la vía de la hierba, ¿no? —recitó Jason indicando una senda que atravesaba la meseta dorada—. Yo creo que es por ahí.

Y los tres echaron a andar a través del mar de hierba.

Después de una hora de marcha empezaban a sentirse realmente cansados. La senda proseguía hacia el sur sin variar de altura. A su izquierda se extendían los valles de la llanura y a su derecha se recortaban las montañas más elevadas.

Las praderas estaban salpicadas de grandes margaritas, de una especie que ni Rick ni Jason habían visto nunca: tenían un tallo robusto y filamentoso, recubierto de una suave pelusilla, y sus pétalos eran completamente blancos, excepto uno que era de color morado. Anna cogió un ramillete como recuerdo.

No encontraron ni un alma en el camino y los únicos sonidos civilizados fueron el lejanísimo zumbido de un tren y los cencerros de un rebaño de ovejas, que no consiguieron divisar.

De repente, la meseta quedó interrumpida por las ruinas de un acueducto romano, con los antiguos arcos devorados por la hiedra y el canal obturado por nidos y malezas. El acueducto corría valle abajo y volvía a ascender por los montes, para acabar desapareciendo en un canalón estrecho y cerrado.

Habían encontrado la «frontera del agua» de Morice Moreau.

Las piedras, aún perfectamente encajadas después de milenios, formaban, de hecho, una imaginaria frontera.

Aunque estaba en ruinas, el acueducto conservaba su imponente presencia y marcaba como una señal indeleble y majestuosa el valle de hierba.

Los chicos no lo dudaron ni un instante: dejaron la senda y empezaron a seguir la línea del acueducto, adentrándose en la penumbra de las montañas.

—Ah, señor Voynich, ha sucedido algo verdaderamente…
insólito… —dijo el hombre de rizos desde una cabina telefónica de la plaza del Capitolio de Toulouse—. La hemos seguido hasta el aeropuerto y después… hemos decidido coger
nosotros también el avión en el que iba y luego… hemos
perdido su pista. Mi hermano cree que se ha subido en una
de esas carrozas para turistas tiradas por caballos apestosos.

Fuera de la cabina, el hombre rubio miraba distraídamente una de las últimas construcciones con entramado de
madera de la ciudad: una casita medieval, con troncos cruzados en la fachada.

Observó a su hermano al teléfono, le vio sacudir la cabeza, le oyó decir una infinidad de veces «lo siento, señor
Voynich» y «claro que sí, señor Voynich». Y, por fin, le vio
colgar el aparato.

—¿Cómo ha ido?

El gemelo de rizos se pasó la mano por la cabeza.

—¿Que cómo ha ido, dices? Le he dicho que lo siento.

—¿Y él?

—A él le ha dado igual. Me ha preguntado sobre Cornualles. Y si habíamos encontrado Kilmore Cove.

—Y tú le has dicho que lo hemos encontrado.

—Sí, y él entonces se ha enfurecido aún más. Dice que
no es posible. ¡Que no existe y que no puede existir!

—Si él lo dice…

—Le he explicado cómo se llega hasta el pueblo y él ha
dicho: «Eso habría que verlo».

—¿Eso ha dicho? ¿«Eso habría que verlo»?

—Exacto. Y… aún hay más. Le he hablado también de esos tres mocosos que vigilan la casa por nuestra cuenta. Y entonces se ha calmado un poco. Después, cuando le he empezado a hablar de Toulouse, se ha puesto otra vez hecho un basilisco. Y…

—Pues que corra él detrás de una chica de trece años. Yo ya no tengo edad para esas cosas.

—Esa es la novedad.

—¿Mi edad?

—No, hombre, no. Escucha bien, porque esta sí que es buena. Parece que la jovencita que estamos siguiendo tiene un amigo en Venecia al que está mandando un mensaje tras otro. Y tenemos que ir inmediatamente a M.

—¿Adónde?

—A M., en los Pirineos. Hay un autobús que sale de Toulouse. Los tres chicos van hacia allá. Nuestras órdenes son: alcanzarles y seguirlos.

—¿Quieres saber lo que pienso?

—No —respondió el gemelo de rizos, dirigiéndose a paso firme hacia la estación de autobuses—. Las órdenes son las órdenes. Qué le vamos a hacer.

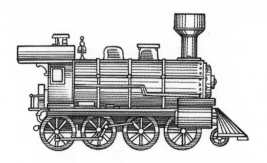

Capítulo 13
En CASA *de* CALYPSO

Kilmore Cove era un pequeño pueblo situado en torno a una bahía y su pequeño puerto. A un lado, en la cima del acantilado de Salton Cliff, se alzaba la silueta dominante de Villa Argo, con su torre y su jardín repleto de árboles seculares. En el otro, adentrándose en el mar sobre una prolongada lengua de tierra, se erguía el promontorio del faro de Leonard Minaxo. En el centro, las viejas casas del pueblo estaban tan pegadas las unas a las otras que a menudo bastaba con asomarse a un balcón para poder rozar el de la casa de enfrente.

Julia estaba sentada en el sidecar de Nestor. El viejo jardinero bajaba hacia el pueblo afrontando las curvas de la calle principal.

En pocos minutos llegaron a la plaza situada enfrente del puerto.

—Nos vemos dentro de una hora —dijo Nestor, antes de dar la vuelta al sidecar y dirigirlo hacia la subida del faro.

Julia se pasó la mano por el pelo, contenta de sentirse de nuevo tan bien.

Tomó una de las calles que ascendían por el interior del pueblo y llegó en pocos minutos a una placita que tenía una bonita fuente en el centro. En un lado de la plaza estaba la oficina de correos, y en el lado de enfrente, la librería de Calypso, cuyo letrero se balanceaba lentamente:

CALYPSO
BUENOS LIBROS SALVADOS DEL MAR

La librería estaba abierta.

Julia pasó por delante del escaparate, intentando vislumbrar sin éxito si había alguien en el interior. Entonces empujó la puerta, que tintineó levemente.

—¡Julia! —exclamó una voz.

—¡Cindy! —respondió Julia, reconociendo a una de las pocas amigas que tenía en el pueblo. Cindy era una chica robusta, muy rubia y siempre alegre—. ¿Qué haces aquí? ¿Estás sustituyendo a Calypso?

—Vengo solo por las tardes… para tener abierta la librería.

—Cuéntame.

—Oh, no hay nada que contar. Calypso estará fuera dos semanas y me ha pedido que me ocupe de la librería… Abrir los paquetes con las novedades, cambiar un poco el escaparate de vez en cuando…

Julia miró a su alrededor: la librería estaba en orden y repleta de novedades de mil colores.

—¿En qué puedo ayudarte? —le preguntó Cindy—. Los libros de texto están en ese lado. También tenemos resúmenes para los exámenes… Escondidos debajo del mostrador… pero los tenemos.

—¿De verdad? Calypso me ha dicho siempre que no tenía libros para preparar chuletas…

—¡Secreto profesional! —respondió Cindy, guiñándole un ojo—. Hay de todas las asignaturas.

—Pues voy a aprovechar, entonces. Y… ¿hay otros secretos que debería saber?

Cindy rió.

—Pues creo que no.

Charlaron de unas cosas y otras hasta que Julia encontró el modo de sacar el tema que le interesaba. Le describió brevemente la libreta de Morice Moreau y le preguntó si, por casualidad, no la había visto en la librería.

—Me parece que no… —respondió Cindy, después de pensarlo un momento.

Fue hasta la sección de los libros viejos y usados, que ocupaba cuatro estanterías en la pared del fondo, y les pasó revista rápidamente.

—¿Estás segura de que estaba aquí, en la tienda?

—No, la verdad. Es solo una posibilidad.

—A lo mejor la ha comprado alguien.

—En ese caso me temo que será difícil encontrarla.

—Quizá no. Calypso lleva un registro ordenadísimo de este tipo de cosas.

—En realidad… no creo que la hayan vendido, Cindy. Creo que se trata más que nada de un objeto… personal. Algo que Calypso probablemente quería conservar para sí, no sé si me explico…

Cindy se puso una mano sobre la mejilla sonrosada y regordeta.

—Si quieres, podemos probar con el registro. O…

Corrió la cortina de detrás del mostrador y le hizo una seña a Julia para que la siguiera. Entraron en un pequeño espacio que conducía a una puerta cerrada, con una cerradura resplandeciente.

Cuando vio la puerta, Julia fingió una indiferencia absoluta. Pero se puso rígida y su amiga se dio cuenta.

—¿Qué te pasa?

—Nada, nada.

Cindy examinó los mazos de llaves que colgaban de unos clavos colocados en la pared.

—Aquí están las llaves de casa y de la oficina de correos —dijo—. Calypso me ha explicado cómo usarlas en caso de emergencia.

—Cindy, yo creo que no…

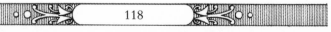

—Has dicho que es un objeto personal, ¿no? Entonces, ve un momento a casa de Calypso y echa una ojeada. No creo que vayas robarle nada, ¿no?

Julia se mordió los labios.

—Pues no, claro. Y sería una manera rápida de descubrir si está o no.

—Exacto. Vas, miras y vuelves. Y yo no le digo nada a nadie.

Julia cogió las llaves.

—Vale. Vuelvo dentro de cinco minutos.

Cindy le dijo cuál era la llave de la puerta de entrada. Después le preguntó si sabía dónde estaba la casa de Calypso.

—Pues no —admitió Julia.

—Te la enseño —dijo sonriendo la amiga—. Aunque se haya casado con Leonard, Calypso sigue viviendo en casa de sus padres. Por su madre.

—¿Su madre? ¿Su madre está viva?

—Sí. Creo que debe de ser la persona más vieja de todo Kilmore Cove. Dicen que tiene más de cien años. Se le va un poco la cabeza.

Julia asintió lentamente, mientras una extraña preocupación empezaba a apoderarse de ella. Había oído hablar de la madre de Calypso el día de la boda de la librera de Kilmore Cove con Leonard, pero no la conocía. Y la idea de hacerlo mientras se introducía en su casa…

—¿Está en casa? —preguntó, sabiendo que era una pregunta tonta.

—Sí, no se mueve de la cama desde hace años, creo. Varias mujeres se turnan para cuidarla.

Julia asintió.

—Ya.

Desde la puerta de la tienda, Cindy le explicó cómo llegar a casa de Calypso. Estaba a punto de ponerse en marcha cuando se detuvo, titubeante, y dijo:

—Cindy... ¿cómo se llama la madre de Calypso?

—Ifigenia. Pero no te preocupes por ella. Está sorda como una tapia.

—¡Eh, guapita! —la increpó unos instantes después una voz que quería parecer más adulta de lo que en realidad era—. ¿Ya estás bien?

Julia se dio la vuelta lentamente. Sabía a quién pertenecía aquella voz.

—Dichosos los ojos... —masculló al ver a los tres primos Flint concentrados en mitad de la plaza, con la fuente a sus espaldas.

—Eso decimos nosotros... dichosos los ojos, enfermita —dijo el Flint más pequeño, el jefe de la banda.

—Ah, sí, la enfermita... —comentó el Flint mediano, el brazo derecho de la banda.

—Pues si está enferma, a ver si nos va a contagiar a todos, chicos —dijo el Flint grande, el más tonto de los tres.

—Oh, sí —sonrió Julia—. Me basta con estornudar para que os pongáis enfermos al instante.

—¿Habéis oído, chicos? —dijo preocupado el Flint grande—. Vamos a dejarlo.

—Cierra el pico, bobo —lo interrumpió el Flint pequeño—. Y déjame hablar a mí.

El Flint grande sacó un bollo del bolsillo y se puso a comérselo.

—¿Qué haces dando vueltas por Kilmore Cove, eh? —Volvió a la carga el Flint pequeño—. ¿No deberías estar en casa si tienes fiebre?

—¿Y quién os ha dicho que tengo fiebre?

—Tu hermano.

—Ya estoy bien.

—Pues entonces, ¿no deberías estar en el instituto? ¿O haciendo los deberes?

—Eso... ¿tú no eras una empollona?

Julia se puso en jarras. Si había algo que no aguantaba, era que la llamaran empollona.

—No, guapitos. No soy una empollona. Y no hago los deberes.

—Nos ha llamado «guapitos» —observó el Flint grande, dejando de engullir un instante.

El Flint pequeño se puso colorado. Fue cuestión de segundos, pero Julia se dio cuenta. Era el mismo tipo de empacho que veía dibujarse en el rostro de Rick cada vez que ella intentaba decirle algo bonito. Solo que en ese caso no había dicho nada bonito.

—Pero no nos has contestado —añadió el Flint pequeño.

—Es verdad, no nos has contestado.

—¿Qué haces en el pueblo?

—Pasear. ¿Está prohibido o tengo que pediros permiso?

Los tres se miraron.

—¿Queréis que os pida permiso? ¿A quién se lo pido? ¿A ti, Flint? —preguntó dando un paso hacia el Flint pequeño. Alzó una mano e hizo ademán de ponerla en el hombro del matón, pero él se apartó, como si temiera algún tipo de contagio.

—Pues que sepas que nosotros te estamos siguiendo, guapa —dijo, clavando la vista en la punta de los zapatos.

Eso Julia no se lo esperaba.

—¿Me estáis siguiendo? ¿Y por qué?

—Os estamos siguiendo a los tres —puntualizó el Flint grande, mientras hacía una bola con el envoltorio del bollo.

Julia prestó aún mayor atención.

—¿A los tres? ¿A mi hermano, a Rick y a mí?

—Exacto.

—Sí. El mocoso de ciudad. Y el pelirrojo

—¿Y por qué nos estáis siguiendo?

—Porque es nuestro trabajo —respondió el Flint pequeño.

—Sí. Un trabajo de verdad.

Julia volvió a ponerse en jarras.

—O sea que alguien os ha encargado que nos sigáis…

—Exacto. Alguien importante.

—Sí. Muy importante.

—Con un Martin de verdad —dijo el Flint grande.

—¡Aston Martin, tonto! —lo insultó el Flint pequeño.

—Eso. Un Aston Martin. Y nos han llevado a dar una vuelta en él y todo.

El Flint pequeño dio un paso hacia delante y clavó sus ojillos malvados en los de Julia.

—Tu hermano y tú os traéis algo entre manos. Vosotros dos y Banner, el pelirrojo.

Sacó del bolsillo una de las monedas de oro que Jason y Rick se habían llevado para su viaje. La moneda brilló y Julia preguntó, soprendida:

—¿De dónde has sacado eso?

La moneda volvió rápidamente al bolsillo del Flint pequeño.

—Podemos decir que… nos la hemos encontrado.

—Sí. Anoche.

—Cerca de la estación.

—Así que hemos empezado a hacernos preguntas.

—Muchas preguntas…

—Como, por ejemplo, ¿qué se le había perdido a Banner en la estación a medianoche?

—Porque además todos saben que hace años que no hay trenes en Kilmore Cove.

—Sí. Hace años que no hay trenes.

—Y sin embargo ayer por la tarde un tren salió de la estación.

—Sí. Muchos lo han oído.

—Y Black Vulcano, el jefe de estación, no está en casa. Como si se hubiera ido él también.

—Sí. Como si se hubiera ido.

—Igual que Banner.

—Y si sumamos dos y dos… Hay muchas cosas que no nos cuadran… —dijo el Flint pequeño—. ¿Entiendes, Julia? —Se acercó hacia ella amenazador seguido por los otros dos—. Escucha bien lo que te voy a decir, Julia…

—Quietos. No os acerquéis —les advirtió ella, retrocediendo hacia un lado de la plazuela.

—Y si no, ¿qué haces? ¿Te pones a chillar?

—¿Chillar? —gruñó Julia—. Tenéis una idea muy rara de las chicas.

—No, Julia, no nos has entendido. Nosotros no tenemos malas intenciones. Solo queremos saber qué estáis tramando.

—No estamos tramando nada.

—Pues nosotros no pensamos lo mismo.

—Nosotros no pensamos y ya está —añadió el Flint grande.

A fuerza de retroceder, Julia se había adentrado en el callejón de la casa de Calypso. Se dio cuenta por el rabillo del ojo y siguió callejón arriba, paso a paso, controlando mientras tanto los números de las casas situadas a la izquierda.

Los tres Flint avanzaban unidos y amenazadores.

—Estamos esperando… ¿Qué os traéis entre manos vosotros dos y el pelirrojo?

Julia llegó hasta la pequeña puerta de la casa de Calypso, cogió rápidamente las llaves y dio una veloz pirueta.

—Vale. Os lo cuento todo —afirmó—. ¿Y si vamos a mi casa?

Los tres se miraron, sorprendidos.

—Pero… tú no vives aquí.

—Eso. Tú estás en la cima del acanti…

«Que entre a la primera, por favor. Dime que me has dado el mazo justo, Cindy. Que entre, por favor.»

La llave entró en la cerradura, giró y la puertecilla se abrió dando paso a una escalera que olía a flores.

Lo había conseguido.

La chica se precipitó en el vestíbulo de la casa de Calypso, cerró la puerta a su espalda y se apoyó contra ella.

«Salvada», pensó mirando la escalera que subía al primer piso.

Casa Calypso

Kilmore Cove ❦ *Cornualles*

Capítulo 14
La **FRONTERA**

El acueducto romano pasaba por encima de valles y declives, adentrándose en zonas cada vez más remotas. A medida que ascendía, tenía un aspecto más ruinoso. A veces, Rick y Jason tuvieron incluso que detenerse para asegurarse de que continuaba. Cuando no veían ni rastro de muros o de arcos, se limitaban a mantener la misma dirección, seguros de que, antes o después, encontrarían otro tramo.

Siguieron caminando hasta media tarde y pronto se encontraron en alta montaña. La temperatura bajó y el viento se hizo más recio.

Jason, Anna y Rick hablaban poco, ahorrando energías para poder afrontar el ascenso. Más de una vez tuvieron que seguir avanzando a gatas y ayudarse unos a otros a atravesar

pasos peligrosos, rodear rocas caídas, saltar profundas hendiduras del terreno salpicadas de flores. En una ocasión, cuando el paisaje en torno a ellos se había transformado ya en una extensión de piedras y solitarios abetos susurrantes, tuvieron que cruzar un barranco vigilado desde la copa de un árbol seco por un halcón curioso.

Jason decidió pasar el barranco caminando por encima del acueducto, como si se tratara de un puente de piedra. A pesar de las protestas de sus compañeros, avanzó haciendo equilibrios sobre el estrecho paso y llegó al otro lado en menos de un minuto.

—Estás loco —le dijo Rick, que prefirió atravesarlo bajando y volviendo a subir después por entre las piedras—. Ese arco se puede caer de un momento a otro.

—Ese arco está ahí desde hace más de dos mil años, Rick. Si se hubiera tenido que caer, se habría caído ya —replicó Jason, haciéndole una señal a Anna para que pasara por donde había pasado él.

Anna se lo pensó un instante y después lo siguió sin rechistar.

—Eso es —refunfuñó Rick—. Como hablar con las paredes.

El halcón alzó el vuelo, dejando tras de sí su chillido estridente.

Unos veinte minutos después la montaña se hizo más pedregosa, gris y fría. El acueducto acababa en los restos de un antiguo muro.

—Fin del camino del agua —dijo Jason, dejando caer al suelo su pesadísima mochila.

—O quizá el inicio —observó Anna.

La roca estaba surcada por una hendidura vertical. En otro tiempo, a sus pies debía de haber existido un lago o un manantial. El acueducto se proveía de agua gracias a un dique, el cual llevaba el agua hacia el canal, que la llevaba después a su vez valle abajo.

Pero de este no quedaban más que algunas ruinas en la ladera de la montaña. Nada más.

Se oyó de nuevo el chillido del halcón. Un viento penetrante había empezado a soplar, inclinando los árboles en precario equilibrio entre las rocas.

Jason, Rick y Anna se sentaron para decidir qué hacer. Sacaron la libreta y la hojearon, en busca de una idea. Después Rick se levantó y se aventuró entre las piedras musgosas de la cuenca del valle. Llegó hasta la hendidura negra y tanteó la superficie de la roca para encontrar un paso.

Ninguna gruta. Ninguna entrada.

—No tenemos muchas alternativas —observó Jason. Dejó vagar su mirada sobre el paisaje de pinos y rocas que se extendía a sus pies, hasta donde la niebla permitía ver—. ¿Creéis que hemos llegado a la frontera?

—No sé. Y, además, ¿la frontera de qué?

Anna seguía examinando la libreta. Según las indicaciones de Morice Moreau, una vez llegados a la frontera, tenían que enseñar los documentos y proseguir.

—El dibujo está equivocado —observó la chica de Venecia—. No veo ningún puente. Ni tampoco ninguna estatua haciendo guardia.

Rick regresó de su breve exploración.

—Al otro lado de la cuenca hay una pequeña senda que bordea la costa y tuerce hacia arriba pasados los arbustos. Si no, o trepamos… —dijo, e indicó la pared de piedra casi vertical que se alzaba sobre ellos como si subrayara la locura de aquella idea— o volvemos atrás.

—Pues trepemos —bromeó Jason, sabiendo perfectamente que Rick replicaría.

El chico pelirrojo, sin embargo, parecía muy cansado y se limitó a sentarse cerca de él. Sacó de la mochila una cantimplora con agua y se la pasó a Anna, esperando para beber después de ella.

—Y además no sé a qué documentos se refiere —prosiguió la chica, siguiendo el curso de sus pensamientos.

Se volvió a levantar y rodeó el charco de agua estancada. Llegó hasta un viejo muro de piedra, salpicado de flores silvestres, lo saltó y prosiguió por el sendero que subía diagonalmente hasta la cima opuesta de la montaña. En pocos minutos, avanzando ágilmente, llegó a los arbustos que se veían desde abajo, torció por detrás de unas rocas y desapareció de la vista de Jason y Rick.

—¿Qué estás pensando? —preguntó Jason nada más alejarse Anna.

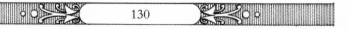

—¿De este sitio o de Anna?

—De las dos cosas.

—De este sitio, que creo que estamos en el camino correcto. Y de Anna, bueno… no pienso nada especial. Es maja. No se queja. Y es… en fin… te habrás dado cuenta tú también.

—Es guapa.

—Pues sí. Muy guapa.

Jason miró a su amigo de reojo.

—Pero ¿por qué te pregunto nada si a ti te gusta mi hermana?

—Mira, Jason…

—Sí, sí. Vale. No digas más. Sé perfectamente por qué caminas delante de nosotros cabizbajo y sin decir palabra. La echas de menos, ¿eh?

Rick se quedó con la vista fija en las manos.

—Jason, no es muy leal de tu parte.

Jason se puso de pie, cogió la mochila y se la echó a la espalda.

—¿Echas de menos a mi hermana o no? Porque ese es el dilema…

—La echo muchísimo de menos —respondió Rick, alzando la mirada de golpe.

—¿Y ella lo sabe?

—¿Sabe qué?

—Que la echas de menos.

—¿Y cómo voy a saberlo yo? Creo que se lo imagina, que lo ha entendido, sí.

—Pues te equivocas —dijo Jason, tendiéndole la mano para ayudarle a levantarse—. Tú crees que las chicas entienden las cosas. Y sin embargo no entienden nada de nada. Fíate de mí, he crecido con una chica. Para no andarnos con rodeos... lo que te puedo aconsejar es que, en cuanto la veas, le plantes un beso.

Aquella salida casi hace perder el equilibrio a Rick.

—Estás de broma, ¿verdad? No, nunca... no podría.

—Después de años de observación, Rick, lo tengo todo codificado en una serie de reglas infalibles. Que explican, por ejemplo, por qué mi hermana y tú ya casi no os habláis.

—¿Qué quieres decir?

—Mira. Regla número uno de Jason Covenant. Si alguien te dice que le gustas a una chica y esa chica te gusta a ti también, entonces es seguro que desde ese momento en adelante no volverás a hablar con ella.

Rick sonrió.

—Bueno, vale, es verdad. Cada vez que miro a tu hermana y ella me mira a mí, como pasó ayer... cuando me dijo que la dejáramos ir con nosotros a Arcadia, me siento como una especie de payaso.

Jason asintió vigorosamente y continuó:

—Regla número dos de Jason Covenant. Si quieres gustarle a una chica, harás todo lo que esté en tus manos para parecerle un perfecto idiota.

Rick sonrió por segunda vez.

—No sabía que fueras un filósofo.

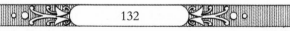

—No lo soy, pero observo. Y deduzco —continuó Jason, enfilando el sendero por el cual Anna había desaparecido.

—¿Hay una regla número tres?

—Por ahora no. Pero estoy en ello.

Giraron por detrás de las rocas y tomaron una angosta senda flanqueada por pinos, al borde del acantilado. Rick se puso al lado de Jason en cuanto la senda se ensanchó lo suficiente para poder caminar de dos en dos.

—¿Sabes una cosa de Anna, Jason?

—¿Qué?

—Antes… me ha dicho que tú le gustas —respondió Rick con un guiño mientras lo adelantaba.

Jason se paró de golpe. «¿Le gusto?», pensó.

Así pues, según la regla número uno…

—¡Mentiroso! —le gritó entre risas—. ¡Más que mentiroso! ¡No es verdad!

—¡Oh sí, es verdad! —replicó Rick, divertido.

Echaron a correr, como si la larga caminata de la jornada no hubiera sido nada.

Giraron más allá de la senda y una ráfaga de viento, fuerte como un latigazo, casi les hizo perder el equilibrio.

Detrás de la línea del monte que habían dejado atrás se les apareció un espectáculo inesperado. La montaña por la que habían subido terminaba abruptamente en una terraza suspendida en el vacío. En uno de sus extremos se distinguía la estatua de una mujer alada. Con una mano sujetaba una lanza y con la otra indicaba el abismo.

—La frontera… —murmuró Jason.

El viento soplaba salvajemente en todas direcciones. Alborotaba el pelo y la ropa de Anna, que había llegado ya a la terraza y se estaba acercando al barranco.

—Saca los documentos, Jason.

—¿Qué documentos?

—El certificado de locura y el diploma de moriré joven, creo.

—¡Esto sí que es viento! —gritó Anna cuando los chicos llegaron a su lado. El pelo le ondeaba delante de la cara como si fueran serpientes con vida propia. El aire gélido bajaba de lo alto de la montaña formando incesantes remolinos, como si quisiera arrojarlos al vacío.

—Pero ¡¿qué lugar es este?! —exclamó Jason, acercándose a la estatua alada. La terraza estaba suspendida encima de un abismo oscuro, un tajo practicado en el corazón mismo de la montaña por la espada de un gigante.

—¡Es la frontera! —gritó Rick a su espalda.

—¡O sea, el punto en que nos volvemos atrás! —gritó Anna.

—¿Volver atrás? —dijo Jason, con los ojos resplandecientes de audacia.

Ella abrió sus ojos color miel de par en par y se apartó el flequillo de la cara.

—¿Por qué? ¿Tienes una idea mejor?

Jason estudió el abismo, examinándolo con atención. El salto que había que dar para llegar al otro lado del precipi-

cio parecía imposible. Debían de ser unos cinco o seis metros. El borde opuesto se encontraba a un nivel más bajo: había por lo menos un metro de desnivel.

Jason se tumbó en el suelo, donde el aire soplaba con menos fuerza. Se asomó para mirar más allá del borde de la terraza, donde la roca parecía desgajada de un solo tajo.

—¿Jason? —dijo Anna, de pie a su lado. La chica se puso en cuclillas y a continuación se tumbó junto a su amigo, hablándole muy cerca para que pudiera oírla. Sus mejillas se rozaban y, aunque ella le estaba hablando, Jason no oía ni una sola palabra.

La miró y le dijo:

—Me importa un pimiento la primera regla, ¿sabes?

—¿Qué dices?

Jason se puso de pie y buscó a Rick con la mirada. Estaba algo rezagado, con la espalda recostada contra una roca y la mochila a sus pies. Movía la cabeza.

—Ni lo intentes, Jason.

Jason empezó a caminar hacia su amigo.

Anna se levantó y lo siguió.

—¿Se puede saber qué pasa?

—¡Esta vez no! —dijo Rick.

Anna seguía sin entender nada.

—Esta vez no ¿qué?

—Va a hacerlo otra vez —le contestó Rick sin mirarla siquiera. Tenía los ojos clavados en los de su amigo, parado de pie ante él con su habitual aire desafiante.

—¿QUÉ va a hacer? —gritó Anna.

—Quiere saltar.

Anna no daba crédito a sus oídos.

—ES UNA BROMA, ¿VERDAD? NO ESTARÉIS HA-
BLANDO EN SERIO DE…

Ni siquiera era capaz de decirlo: saltar.

El viento cobró fuerza de golpe y casi la tiró al suelo.
Saltar.

Jason se agachó y abrió la mochila.

—No hay otra posibilidad —dijo—. Pero no es un salto
fácil. Serán cinco metros por lo menos.

—O seis —lo corrigió Rick. Apartó la mochila de Jason
de una patada y le tiró la suya—. La cuerda está en mi mochila, tonto.

—Tonto lo serás tú.

—Despistado. Soy yo quien lleva la cuerda. Diez metros.
Como siempre.

—Muy bien —sonrió Jason—. Entonces lo haremos como digo yo.

—No vamos a hacer nada de nada, Jason —replicó Rick,

—Me ato la cuerda y el gancho. Tú sujetas un extremo.
¿Dos metros serán suficientes?

—Jason, escúchame atentamente… Un metro y medio.

—Si logro llegar hasta allí de un salto, ya está. Tendemos
la cuerda entre los dos bordes del precipicio y vosotros la
usáis para cruzar al otro lado. La podemos atar a la estatua.

—Oh, madre mía —balbuceó Anna.

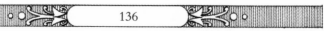

—Y si no lo logro…

—¡JASON!

—Oh, madre mía, madre mía…

El chico se volvió hacia Anna.

—¿Quieres tranquilizarte, por favor? Si no logro llegar, no pasa nada. Vosotros tenéis sujeta la cuerda y podéis tirar de mí hacia arriba.

—No conseguiré sujetarte —respondió Rick—. Si te caes, el tirón será demasiado fuerte.

Anna movió la cabeza.

—Madre mía. No me lo puedo creer. No es posible. No estáis hablando en serio.

—Y además hace mucho viento —añadió Rick.

Los dos alzaron la vista hacia la montaña.

Era verdad. Hacía demasiado viento y cambiaba continuamente de dirección. A veces soplaba a favor del salto y a veces en contra, borrascoso.

—El viento, sí —dijo Jason.

—No había visto nunca un viento así. Era como si estuviera invocando la tormenta.

—Si pudiéramos aprovechar su fuerza…

Como si contestara a su petición, el viento arreció y creció de intensidad, rugiendo y aplastándolos contra la roca.

—¡Y AHORA BASTA! —gritó Anna—. ¡VÁMONOS! ¡VOLVAMOS ENSEGUIDA A CASA!

—Los documentos, Rick —murmuró Jason en ese momento, aplastado contra la roca por el viento glacial—. El

escrito especificaba claramente que tenemos que enseñar los documentos.

Rick sacudió la cabeza.

—¿A quién? Aquí no hay nadie.

El viento rugió y cambió de nuevo de dirección, soplando hacia el borde del barranco.

—Excepto él.

—Él ¿quién?

—El viento. ¡Eh, espera un momento, Rick! ¿Recuerdas lo que tradujimos en la primera parte de la libreta? ¿Los consejos para el equipaje? ¿Cuando Morice Moreau decía que no trajéramos billetes? Oro y plata…

—Y una cartuchera, sí. Una tienda de campaña, una manta y una mosquitera.

—¿Y luego?

—Un traje de etiqueta para los bailes a los que inevitablemente nos invitarán.

—Y yo lo he traído. ¿Y luego?

Rick intentó recordar:

—Una margarita de los vientos.

—«Una margarita de los vientos». ¿Y qué narices es una margarita de los vientos?

—La rosa de los vientos es la que señala la dirección del viento en las cartas náuticas.

—La rosa, pero ¿la margarita…?

Los dos se volvieron hacia Anna. Mientras cruzaban el mar herboso del valle, ella había recogido algunos ejem-

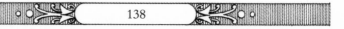

plares de aquellas extrañas margaritas con el tallo cubierto de pelusilla.

—¿Chicos…? —dijo Anna bastante preocupada.

—¿Y si lo que has cogido fueran margaritas de los vientos? —preguntó Jason.

Rick se pasó una mano por la cabeza.

—Y si así fuera… ¿cómo funcionan?

Sacaron las margaritas de la mochila de Anna y las sujetaron con fuerza para que el viento no se las llevara. Buscaron un lugar resguardado y las examinaron. Aquellas extrañas flores eran muy robustas y tenían todos los pétalos blancos excepto uno. Un único pétalo morado, que se encontraba en la parte superior de la corola.

Y luego en la parte inferior.

Y luego en la parte izquierda.

—¿Habéis visto? —preguntó Jason, cuando se dio cuenta.

El pétalo cambiaba de posición según el viento. Toda la corola giraba como un timón, sujeta por el tallo robusto y filamentoso que le impedía romperse.

—¡Porras! —dijo Rick.

—Señala el viento —sonrió Jason.

Anna, en cuclillas junto a ellos, miraba la flor, estupefacta.

—Solo que no funciona… —Rick se puso de pie y el viento que silbaba en torno a ellos lo arrolló—. Mira… la margarita indica a la derecha, mientras que el viento sopla del lado opuesto… del izquierdo.

—Vamos a ver qué pasa cuando cambie.

Contaron.

—Tres, cuatro, cinco segundos…

—¡Ahora el viento sopla de la derecha! —grito Rick.

—¡Y el pétalo se ha colocado en la parte de arriba!

—¡Cuenta!

—Tres, cuatro, cinco…

—El viento ha cambiado de nuevo. ¡Ahora sopla de la montaña!

—¡Y la margarita se ha movido otra vez!

Se intercambiaron los papeles. Jason controlaba el viento, mientras que Rick miraba la margarita.

Hicieron una serie de experimentos y, por muy absurdo que pudiera parecer, llegaron a una conclusión:

—¡La margarita no señala el viento! —dijo Rick—. ¡Lo anticipa! ¡Indica de dónde soplará con cinco segundos de antelación!

Anna se quedó de piedra.

—¿Y entonces? —preguntó.

Anna solo tenía que controlar hacia dónde se movía el pétalo. Y cuando soplara del lado izquierdo, de espaldas a Jason, tenía que gritar: «¡Adelante, Jason!».

Jason estaba en cuclillas delante de ella, a una decena de metros del acantilado, como quien se encuentra en la línea de salida preparado para echar a correr. Rick estaba de pie detrás de él, con un extremo de la cuerda entre las manos.

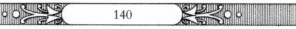

El otro extremo estaba bien sujeto con dos presillas y un gancho a la cintura de Jason.

Anna solo tenía que gritar: «¡Adelante, Jason!».

Desde el momento en que ella diera la señal, Jason tenía cinco segundos para correr hasta el borde del acantilado y dar el salto, esperando contar así con la ayuda del viento a favor. Rick lo seguiría casi hasta el borde y después se tiraría al suelo boca abajo para sujetar a Jason si el salto salía mal.

Una locura.

Mientras miraba fijamente la margarita de los vientos, Anna sentía cómo el corazón le latía atropelladamente.

El viento que se arremolinaba a su alrededor no hacía más que empeorar las cosas. Mezclaba todas las sensaciones que estaba experimentando en ese momento.

Levantó la vista durante una fracción de segundo y miró a Jason.

Desde que el chico de Kilmore Cove se había atado la cuerda a la cintura no había dejado de mirarla. Como si quisiera decirle algo muy importante. Pero al final no había dicho nada. Había dejado que Rick le atara la cuerda y le había hecho la señal de OK con la mano. Después se había colocado en posición de salto.

A partir de ese momento, para ella el tiempo se detuvo.

El viento se arremolinaba entre sus cabellos. La corola de la margarita giraba arriba, abajo, a la derecha, de nuevo arriba.

Anna miró a Jason, preparado para dar el salto. Le gustaba mirarlo.

Arriba, abajo, a la derecha…

Era fuerte, simpático, inteligente. Era distinto de todos los demás chicos que conocía. Leía las mismas cosas que leía Tommy, pero…

Jason era mayor.

Arriba, abajo, a la izquierda. A la izquierda.

Anna se puso de pie de un salto y gritó:

—¡ADELANTE, JASON, ADELANTE!

Y él salió corriendo a toda velocidad.

Recorrió la terraza en diez pasos, en dos, tres segundos, al máximo. Al cuarto segundo ya había emprendido el vuelo. Y al quinto…

Al quinto, el viento cambió de repente, hinchándole la camiseta y los pantalones. Empujándolo por detrás. Sosteniéndolo.

Jason movió los brazos en el vacío.

Un metro, dos, tres.

Cuatro metros de salto.

Rick se tendió boca abajo.

El viento sopló aún más fuerte.

Cinco metros, seis, siete.

Anna gritó.

Jason ya casi estaba al otro lado, rozando el abismo.

Estaría allí en un soplo. En menos de un soplo.

Alargó la mano y tocó el borde.

Lo tocó solamente.

Después se precipitó en el vacío.

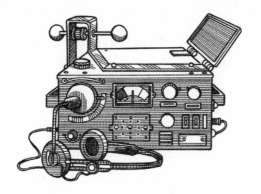

Capítulo 15
RADIO UNIVERSO

El viento soplaba del mar con una fuerza arrolladora, envolviendo la torre del faro con sus espirales susurrantes y salobres. La puerta del faro estaba cerrada, pero el jardinero de Villa Argo tenía la llave y entró. Cuando vio la empinada escalera de caracol se sintió desfallecer: había olvidado lo cansado que resultaba subirla.

—Maldición, Leonard... —protestó, entre enfadado y frustrado—. ¡Tú y tus malditos viajes! Esta es la última vez que vengo a buscarte.

Empezó a subir, cojeando lentamente, un escalón tras otro.

Ya no tenía edad para ciertas cosas.

La habitación de Leonard se encontraba justo debajo de la maquinaria del faro. Estaba igual que como la recordaba

Nestor: atestada de cartas náuticas abiertas sobre las mesas asomadas al mar. Había montañas de libros por todas partes y tablones de corcho en los que a Leonard le gustaba colgar papeles y notas de todos los tamaños.

La sala de los viajes…

… y de las aventuras.

Nestor se sentó en un escalón para tomar aliento. Echó una larga ojeada a los mapas abiertos y arrugados, a las cartas en las que el guardián del faro había marcado rumbos y rutas. Y sonrió pensando en Calypso, que ahora compartía con Leonard esa irrefrenable pasión. Pensó en la pequeña y delicada bibliotecaria del pueblo, en cuando la había visto por primera vez hacía ya cincuenta años, en el viejo parque sobre las colinas, con sus dos caniches. Pensó en su precisión, en sus impecables registros de los libros e intentó imaginársela mientras intentaba convencer a Leonard de que ordenara su habitación del faro.

Sus mapas. Sus viajes.

—Bien, Leonard, maldito cabeza dura —gruñó Nestor poniéndose fatigosamente de pie— ¿Se puede saber dónde te has metido esta vez?

Calypso y él se habían marchado en barca sin dar explicaciones. No porque tuvieran que darlas, eran adultos y responsables. Ellos no podían imaginar que justo en esos días se habría presentado en el pueblo Anna Bloom con su libreta de viaje y que el Club de los Viajeros Imaginarios habría vuelto a dar que hablar. Nestor no estaba seguro de que

Leonard tuviera su ejemplar de la libreta de Morice Moreau, pero al menos tenía que intentar averiguarlo.

Empezó a pasar revista a los libros y los apuntes que Leonard había dejado tirados por toda la habitación. Como siempre, se referían a viajes e investigaciones. Y las investigaciones tenían como único objetivo encontrar a los constructores de puertas. Encontrar a aquellos que habían construido o llevado a Kilmore Cove las Puertas del Tiempo. Había conseguido descubrir muy pocas cosas sobre ellos: que firmaban sus creaciones con siluetas de animales, a menudo con tres tortugas. Según Leonard, las tortugas eran un símbolo marino y, por tanto, los constructores tenían que haber llegado del mar. Pero ¿después qué había sido de ellos? ¿Habrían vuelto al mar? ¿Habrían muerto? ¿Habrían transmitido a alguien su ciencia?

Lo que Nestor sabía con total seguridad era que habían conectado lugares muy distantes entre sí y que las puertas eran atajos para llegar a dichos emplazamientos. Las puertas, por lo menos aparentemente, en realidad estaban hechas con elementos muy simples: madera, una llave grabada, una cerradura más o menos complicada, pero la identidad de los constructores y los secretos que encerraba su construcción no se descubrirían nunca.

Nestor revisó los apuntes de Leonard.

—Islas, islas y más islas. ¿Adónde te diriges esta vez? ¿Y qué andas buscando?

Se detuvo al llegar a una carta náutica que representaba la lengua de mar comprendida entre Cornualles e Irlanda. Leonard había escrito en ella una frase con la que Nestor estaba totalmente de acuerdo. Una frase que él mismo repetía desde hacía años, incluso antes de la desaparición de Penelope:

Los constructores de puertas están todos muertos.

—Muy bien, cabeza dura… —murmuró el jardinero—. ¿Por fin te has convencido? Todo lo que podemos hacer ahora es mantener protegidas las puertas.

Y sin embargo…

Y sin embargo había siempre algo que se agitaba en lo más profundo de Nestor cada vez que pensaba en las puertas. Todos aquellos años buscando inútilmente… para llegar… ¿dónde?

Pero, aunque estén todos muertos…

Continuaba diciendo Leonard, en sus apuntes.

¿es posible que no hayan transmitido a nadie sus secretos?

Al leer aquellas líneas, Nestor sonrió. Junto al mapa, efectivamente, había un libro con un título inequívoco:

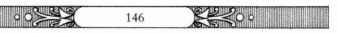

Los Exploradores del Infinito
Guía a los Mundos de Paso
Según la versión de quien regresó

En la cubierta había un retrato de Dante Alighieri. Leonard había llenado de apuntes todas las páginas, subrayando las hojas y pegando post-it con notas.

—¿Y esto de dónde sale? —se preguntó el viejo jardinero, mientras el viento alzaba las olas, que rompían con un estruendo cada vez más fragoroso.

Dejó el libro encima de los papeles y se apresuró a rebuscar entre todas aquellas montañas de mapas y volúmenes anotados, hasta dar con lo que estaba buscando: una radio casi sepultada bajo decenas de números arrugados de *National Geographic*.

La radio del faro era una caja de baquelita negra del tamaño de un televisor pequeño que Peter Dedalus había puesto a punto antes de dejar el pueblo. Según Leonard nunca había funcionado del todo bien, pero Peter estaba convencido de lo contrario. Nestor intentó recordar cómo se ponía en funcionamiento. Miró si estaba encendida, y entonces se le ocurrió que, como ocurría con buena parte de los artilugios proyectados por Peter, no necesitaba alimentación. Bastaba con ponerla abierta al sol.

Resoplando, Nestor se puso la radio bajo el brazo y salió de la habitación. Subió los últimos escalones que llevaban a

la parte más alta del faro y salió a una balaustrada circular que circundaba la enorme linterna.

El viento le hizo tambalearse y le alborotó el pelo.

Nestor dejó la radio en el suelo. La abrió y esperó a que los paneles solares que Peter había instalado en la tapa absorbieran la suficiente luz para volver a activar los mecanismos internos. Mientras esperaba, dio una vuelta por la balaustrada, contemplando la bahía de Kilmore Cove y las laderas boscosas de las Shamrock Hills.

Volvió a llevar la radio escaleras adentro, cerró la puerta de nuevo, se arregló el pelo y se apoyó contra la pared de cal blanca.

Accionó un interruptor y de los altavoces salió el clásico ruido de fondo de una radio sin sintonizar. Entonces empezó a dar vueltas al botón, primero a la derecha y después a la izquierda. Naturalmente, no eran muchas las emisoras que se podían coger en Kilmore Cove. El único repetidor en funcionamiento lo habían construido ellos mismos hacía unos quince años, conectándolo a una máquina de discos trucada que desde entonces había transmitido veinticuatro horas al día la colección de discos de Black Vulcano. Y nadie en el pueblo se había lamentado nunca de ello. Black tenía una inmensa colección de discos.

En su ir y venir entre las frecuencias, Nestor también captó esa señal y escuchó durante unos segundos el inicio de una pieza mítica de los años setenta: «In the Wake of Poseidon» de los King Crimson.

Pero por muy grande que fuera la colección, los discos de Música Vulcano se estaban quedando anticuados. Y un día u otro tendrían que cambiarlos.

Nestor empezó a girar de nuevo el botón hasta que llegó a un canal de silencio absoluto.

«La tengo —dijo para sí—. La frecuencia cero.»

Peter había intentado explicarle por todos los medios cómo funcionaba esa frecuencia, pero a Nestor no se le daban bien los descubrimientos científicos ni las explicaciones demasiado racionales. Recordaba que se llamaba «radiación del fondo cósmico de microondas» y que la habían descubierto en los años sesenta dos señores que se ocupaban de antenas de radio. Peter decía que esa señal de radio llegaba del espacio. De todas las direcciones con la misma intensidad. Decía que era el eco de la explosión que se había producido durante el big bang, cuando se había formado el universo.

Pero a Nestor le bastaba que aquella caja de baquelita negra lograra sintonizar en ese momento y le permitiera ponerse en comunicación con el aparato receptor de Leonard.

Acercó la cabeza al micrófono y pulsó el botón que abría la comunicación.

—¿Leonard? Leonard Minaxo, ¿me oyes? Soy Nestor. ¿Leonard? Contéstame. Aquí Nestor desde Kilmore Cove.

Después soltó el botón. Se oía la nada absoluta, que se difundía como una matriz sólida a su alrededor.

Repitió la operación una decena de veces sin resultado. Comprobó que había pulsado y girado los botones correc-

tos. Lo intentó un par de veces más y finalmente se convenció de que era inútil.

Quizá fuera mejor ir a recoger a Julia e intentar ponerse en contacto de alguna forma con los chicos en Toulouse. A lo mejor, llamando al móvil de Anna desde la Casa de los Mil Ecos: aquel era el único lugar desde donde se podía llamar por teléfono al exterior.

Se puso nuevamente la radio bajo el brazo y se la llevó a la habitación en la que la había encontrado.

—Habría que ir pensando en cambiar los aparatos, Peter… —murmuró—. Aquí ya no funciona nada.

Depositó la caja encima de una mesa, después giró el botón de nuevo para volver a sintonizar la emisora de Música Vulcano.

—¡…OR! —graznó el aparato, antes de transmitir un redoble de batería.

Nestor dio un brinco, asustado. ¿Había oído bien?

Giró rápidamente el botón hacia atrás y volvió a sintonizar la frecuencia cero. Apretó el botón que servía para establecer la comunicación y dijo:

—¿Leonard? ¿Me oyes? Cambio.

Cuando lo soltó hubo cinco segundos de silencio y después el altavoz dejó oír un chirrido insoportable:

—¡N… STOR! ¡… OY … EO… ARD! ¡TE OIG… … AL! ¡… BIO!

Botón.

—Yo también te oigo mal. ¿Dónde estáis? Cambio.

—No te lo vas a creer, cambio —respondió Leonard. O al menos eso entendió Nestor, que tenía la oreja pegada al altavoz para intentar distinguir las palabras.

—Explícamelo. Cambio.

—¡… MAR! ¿Qué pasa? ¿Por qué me has llamado? Cambio.

—Ha llegado a Kilmore Cove una chica que ha leído mis diarios. Gracias por avisarme. Cambio.

A través de la radio llegó una carcajada.

—De nada. Ha sido un placer. ¿Es por eso por lo que me has llamado? Cambio.

—No. Han pasado más cosas. Es demasiado largo de explicar, pero los chicos han tenido que salir en busca de una persona que nos necesita. ¿Vosotros cuándo volvéis? Cambio.

—¿Quién nos necesita? No entiendo. Intenta ser más claro. Cambio.

La voz de Leonard se estaba haciendo más débil, como si la carga de la radio se estuviera agotando. Exasperado, Nestor levantó la caja y la acercó al cristal, esperando que entrase luz suficiente para poder acabar la conversación.

—Te lo explicaré cuando estéis aquí. Ahora escucha: estamos buscando una libreta. ¿Qué sabes de Morice Moreau? Cambio.

—¿Qué has dicho? ¿Qué libro? No he oído. Cambio.

—Una libreta de viajes. ¡VIAJES! Cambio.

—Repite el nombre. Cambio.

—¡MORICE MOREAU! Cambio.

—Espera. Cambio.

Nestor esperó, pero no sucedió nada.

—¿Leonard? ¿Calypso? ¿Estáis todavía ahí? Cambio.

La voz de Leonard salió de la radio como una ráfaga de viento. El jardinero se asustó y la radio se le escurrió de entre las manos y cayó al suelo.

—¡... ONOCIDO! ¡NO ... NOCIDO!

—¡No! —gritó Nestor, intentando entender lo que estaba diciendo Leonard.

La radio se había partido en dos; varias piezas se habían salido y habían rodado por el suelo.

—¡Maldita sea! ¡No!

Pulsó el botón de comunicación.

—¡LEONARD! ¿TIENES TÚ LA LIBRETA? ¿SABES QUIÉN ERA MORICE MOREAU?

Después se puso en cuclillas junto a la caja, intentando captar el más mínimo sonido.

—¡... YPSO! —dijo la voz de Calypso—. ¡Morice Moreau era ... ELO!

Botón.

—¿Qué ha dicho Calypso? ¿Quién era Morice Moreau?

Solo un chirriar lejano, una voz débil e inalcanzable, como si estuviera hablando por teléfono con un fantasma.

Y luego nada.

Nestor frunció el ceño.

Tenía que haber oído mal.

Le parecía que Calypso había dicho que Morice Moreau era su abuelo.

La **habitación** *del* **faro**

Kilmore Cove ❦ *Cornualles*

Capítulo 16
COSAS *de* FAMILIA

Las paredes del recibidor estaban empapeladas con un papel color albaricoque muy alegre.

Julia hizo caso omiso de los gritos de los Flint que llegaban de la calle y empezó a subir lentamente hacia el primer piso. Estaba nerviosa. No solo porque había logrado escapar por los pelos de aquellos matones (¿quién podía haberles ordenado seguirla?), sino también porque había entrado como una ladrona en una casa que no era suya.

Y a la que no había sido invitada.

Subió en silencio, un peldaño tras otro, hasta llegar a un amplio salón con el techo bajo. Un par de ventannas cuadradas daban a la calle por la que acababa de escapar. Las contraventanas, abiertas, dejaban entrar una luz tenue. Jun-

to a la escalera había dos zapatillas de paño. El suelo era de madera clara y estaba tan resplandeciente que uno se podía mirar en él como si fuera un espejo.

Julia se quitó los zapatos para no ensuciarlo.

Atravesó de puntillas el salón, eligiendo al azar una de las dos salidas sin puertas que llevaban a las otras habitaciones. Apareció en la cocina. Una cocina enorme, con el techo de ladrillos rojos. Ramilletes de flores secas decoraban cada repisa y había un cesto de lavanda perfumada colocado delante del radiador. En una larga estantería estaban alineados en perfecto orden diversos libros de cocina.

Julia volvió sobre sus pasos, preguntándose si era cuestión de proseguir su búsqueda o si sería mejor bajar de nuevo las escaleras, pegarles un par de patadas a los Flint y regresar a Villa Argo.

Sin embargo, pasó por la segunda puerta y entró en un largo salón. Allí el papel de las paredes era de color lila y las ventanas, altas y estrechas, estaban enmarcadas por frescas cortinas de lino. Tres de las cuatro paredes estaban ocupadas por repisas de madera con filas ordenadísimas de libros, dispuestos uno al lado del otro según complicados criterios de altura. También el salón tenía dos salidas. Una tenía la puerta entrecerrada, mientras que la otra daba a un enorme cuarto de baño, del que Julia conseguía vislumbrar el lavabo y un espejo dorado.

Temblando, se acercó a los libros. Los calcetines se deslizaban sobre el suelo encerado sin hacer ruido. Las cortinas

de lino susurraban lentamente a sus espaldas. El día era límpido y caluroso, los ruidos del pueblo, cotidianos y tranquilizadores, y los primos Flint parecían ya un recuerdo lejano.

Y sin embargo Julia notaba algo... raro, algo que desentonaba en aquella casa ordenada y alegre.

Empezó a pasar revista a los libros, en busca de la libreta.

—¿Calypso? —preguntó una vocecita, sobresaltándola.

Había sido poco más que un susurro, similar al ruido que se hace cuando se sopla en el papel de calco para que se mueva. Pero había bastado para que un largo escalofrío le recorriera la espalda.

—Calypso, querida, ¿eres tú? —preguntó una vez más la vocecilla temblorosa—. ¿Has vuelto?

Julia se estremeció. Su sensación había tomado cuerpo. Sabía que la vocecita pertenecía a la anciana madre de Calypso y que venía de detrás de la puerta entrecerrada situada a pocos pasos de ella.

«Me ha oído», pensó Julia.

Permaneció inmóvil, escuchando. Se oyó como un rumor de sábanas y el chirrido de los muelles de un viejo colchón. Después un largo suspiro, que tuvo el poder de conmoverla al instante.

«A lo mejor necesita algo —pensó Julia, acordándose de que la anciana madre de Calypso no podía moverse de la cama—. A lo mejor me ha llamado pensando que...»

Julia tenía los brazos colgando a lo largo del cuerpo, como muertos. Tomó una decisión en un instante, justo el

tiempo que tardó en dar dos pasos en el suelo respladecien-
te y apoyar la mano en el pomo de bronce de la puerta entrecerrada. La abrió un poco más y echó una ojeada al interior. Vislumbró una cómoda con una repisa de mármol
blanco y parte de una enorme cama, en la que yacía abandonado un brazo extremadamente pálido.

—¿Calypso? ¿Cariño? —preguntó de nuevo la vocecilla.

Julia respiró hondo y se asomó un poco más. Su mirada
no se despegó del brazo y subió por él hasta encontrarse
con el rostro minúsculo y ajado de una señora anciana con
el pelo fino, blanco, enmarcando una cabeza de color marfil, el rostro surcado de arrugas concéntricas como el gara-
bato de un niño, los ojos grandes, claros y azules.

Se encontraba tumbada en la cama y estaba tan delgada
que las sábanas ni siquiera se arrugaban sobre su cuerpo.
La cabeza, hundida en una gran almohada, parecía el puño
de un bastón.

Julia le sonrió.

—No soy Calypso, señora —dijo—. Soy Julia. ¿Puedo
ayudarla en algo?

La viejecita movió lentamente la cabeza. Los ojos azules
se cerraron y volvieron a abrirse y en su rostro se dibujó
una sonrisa soñadora, como de alguien que ya está acostumbrado a los accidentes de la memoria.

—¡Ah, mamá! ¡Eres tú! —dijo entonces la anciana, con
una simplicidad glacial.

Julia se quedó de piedra. La madre de Calypso, sin duda debía de haber confundido completamente los roles, el tiempo y las edades.

Julia vio con sus propios ojos cómo la viejecita se ponía una mano delante de la boca como una niña:

—Lo siento muchísimo, mamá. No quería. De verdad.

Julia la miró. Habría querido irse pero no podía moverse.

—¡Mamá, lo siento! —dijo la vieja—. ¡Lo siento, de verdad! —Y empezó a sollozar.

Julia no sabía qué hacer. Solo quería escapar, pero era como si lo absurdo de aquel diálogo la tuviera prisionera allí, participando en un juego que no le gustaba en absoluto. Un juego que le despertaba una morbosa curiosidad.

—Yo no quería abrir esa puerta, mamá… —dijo ella de nuevo, tapándose los ojos—. Lo sé. Claro que me lo habías dicho, sabía que no tenía que hacerlo.

Julia tuvo la tentación de taparse los oídos con las manos.

—Perdóname, mamá.

Y a continuación, añadió:

—Sé que te costó muchísimo esfuerzo construir aquella puerta.

¿De qué puerta estaba hablando?

—¡Sí, lo sé! ¡Sé que es peligrosa y que tiene que permanecer cerrada! —sollozó la viejecita, tapándose el rostro con la mano. Entonces alzó los ojos de golpe y movió violentamente la cabeza. El pelo se extendió sobre la almohada como si fuera una telaraña.

—¡No, no! ¡No se lo he dicho a nadie! ¡A nadie! ¡Te lo prometo! A nadie, nadie, nadie. ¡De verdad!

Julia dio un paso hacia atrás. Era demasiado. No podía quedarse allí escuchando.

—¿Ves, mamá? ¿Ves lo bien que me he portado? —prosiguió la mujer desde su cama enorme—. ¡No te vayas! ¡Mamá! ¡Ven aquí! Cuéntame un cuento.

Julia intentó mover la cabeza, pero no lo consiguió. Tenía el cuello rígido como si se hubiera tragado un palo.

—¡Ven aquí, mamá! —insistió la anciana.

Los pies de Julia se movieron solos. Tiesa como un maniquí, la chica se acercó a la cama.

—¡Un cuento bonito, mamá, de esos que escribe papá!

Julia tenía los labios y las manos calientes, cada vez más.

—Los cuentos de papá los guardo siempre en la mesilla.

La voz de la anciana, débil y apagada, era insistente.

—Abre la mesilla, mamá.

La mesilla estaba a pocos pasos de Julia.

—Y coge el libro.

El pequeño mueble, el cajón. La repisa de mármol blanco con una lámpara apagada. Julia se acercó sin pensar, incapaz de resistirse.

—Una historia de viajes —siguió diciendo la anciana—. De esas que me gustan a mí. Un bonito viaje, aunque yo no pueda viajar todavía, mamá. Porque es peligroso, sí.

La madre de Calypso levantó una mano de la cama, una mano diáfana y delgadísima, como la de un esqueleto.

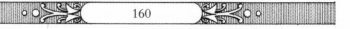

La acercó al rostro de Julia.

Ella abrió el cajón de la mesilla.

—Una bonita historia…

Dentro del cajón había un librito.

Era un cuaderno de viajes.

La libreta de Morice Moreau.

—Quiero que me cuentes la historia del Pueblo que Muere…

La anciana apoyó la mano en la mejilla de Julia para hacerle una caricia. Y en ese instante se puso muy rígida: la mano, el brazo, el rostro arrugado de la señora. Sus ojos eran fríos como el cristal.

Allí donde antes había un rostro desorientado y dulcísimo, se veía ahora un rostro aterrorizado.

—¡TÚ NO ERES MI MADRE! —clamó la anciana a voz en grito.

Julia retrocedió.

—¿QUIÉN ERES? ¿QUIÉN ERES? —siguió gritando la madre de Calypso. Su pecho hundido alzaba las sábanas al respirar.

Julia movió la cabeza para decir que no, pero no conseguía reaccionar.

—¡SOCORRO! ¡CALYPSO! ¡SOCORRO!

Julia cogió la libreta, tropezó con la mesilla y la tiró al suelo, y salió huyendo de allí, arrastrada por un torbellino de terror y confusión.

Capítulo 17
En el VACÍO

Anna se movió con la velocidad de un rayo.

Se abalanzó sobre Rick y agarró ella también el extremo de la cuerda. Se encontró a menos de un metro del borde del abismo en el que Jason se había precipitado.

La cuerda seguía bajando delante de ellos. Pasaron dos segundos, lentísimos. Y luego, cuando ya parecía que no iba a producirse, llegó el tirón. Una sacudida de una violencia pasmosa que arrastró a Rick y Anna hacia el vacío.

—¡AAAAAAAAAYYY!

Anna intentó asirse con cada centímetro de su cuerpo. Pero no soltó la presa. Ni a Rick. Él hizo lo mismo, apretando los dientes. Se detuvieron a pocos centímetros del vacío. La cuerda, tensa, oscilaba lentamente en sus manos.

Rick le hizo una señal para que lo ayudara.

Anna obedeció. Deslizándose por encima del cuerpo del muchacho, para no perder el contacto con él, llegó hasta sus tobillos y lo sujetó lo más fuerte posible.

Fue extenuante, lentísimo.

Centímetro tras centímetro, ambos fueron retrocediendo hasta la terraza, tirando de la cuerda que se perdía y desaparecía en el vacío.

Al final, lograron izar a Jason.

Él se agarró al borde de la terraza, trepó hasta arriba y rodó por el suelo, jadeando.

—¡Jason!

—¿Estás bien?

Jason respiraba como un fuelle. Tenía los ojos cerrados, los dedos pelados y un corte profundo en la frente.

—Estoy bien —resopló.

Abrió los ojos y miró fijamente primero a Anna y luego a Rick.

Acercó el pulgar y el índice de la mano derecha y luego los alejó unos diez centímetros.

—Esto —dijo—. Me ha faltado solo esto.

—Es un salto imposible —observó Rick—. No podías hacerlo mejor. Sincronizado y con el viento a favor.

Él tosió, rodó sobre sí mismo y después se puso de pie.

—Regla tres de Jason Covenant… —dijo, y a continuación guardó silencio durante un larguísimo minuto. Poco a poco recuperaba el color y la respiración era más pausa-

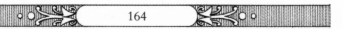

da—. La diferencia entre un verdadero hombre y un medio hombre es que un verdadero hombre no se rinde jamás. Y al final obtiene lo que quiere.

—Jason...

El joven Covenant se puso de pie, tambaleándose un poco.

Anna se le acercó y lo sujetó para que no se cayera, dejándose abrazar. Le acarició la frente herida y le preguntó si le dolía.

Jason asintió, mirándola.

—He cometido un error.

—Has cometido una locura —le replicó ella—. Hemos cometido una locura los tres.

Jason sacudió la cabeza, riendo.

—Oh, no. Eso era lo que había que hacer. El error ha sido afrontar una empresa similar de esa manera.

—¿Y cómo habría que afrontarla?

—Así —respondió Jason, abrazándola contra su pecho y dándole un beso en la boca.

Anna se puso rígida, pero el abrazo de Jason era fuerte y decidido. Y, después del estupor inicial, tuvo que admitir que... no le desagradaba en absoluto.

El beso, tan azorado y repentino, la dejó inicialmente fría y sorprendida. Pero no por eso alejó los labios.

Le permitió besarla.

El viento se arremolinaba a su alrededor.

Y ella cerró los ojos.

—¡VAMOS, JASON! ¡CORRE!

Él salió corriendo de nuevo a toda velocidad, exactamente como había hecho poco antes. Pero con el corazón mucho más ligero.

«Si he llegado hasta aquí —pensó Jason—, eso quiere decir que tenía que llegar. Si tenía que llegar, quiere decir que puedo saltar. Si puedo saltar, es que...»

Sus pies abandonaron la tierra firme. Saltó en el vacío mientras en torno a él el viento rugía enloquecido. Sintió por segunda vez un torbellino que lo arrastraba y supo con absoluta certeza que aquel abismo no tenía fondo.

En el aire se encogió sobre sí mismo como un huevo, dejando que el viento lo sujetara y lo transportara más allá de sus posibilidades de salto.

Voló con las alas del viento hasta tocar el otro lado del barranco. Permaneció de rodillas al borde de la nada, como una pantera. Seis metros más allá, con la cuerda tendida en la mano, Rick lo miraba con los ojos fuera de las órbitas. Jason sentía que los labios le ardían. Se besó la mano izquierda, después la derecha, y luego se puso de pie alzando el puño hacia el cielo. Podía rugir enloquecido el viento, podían arreciar los huracanes, podían caer rayos y truenos.

Él había saltado.

Se volvió y miró atrás.

Jason Covenant había sido besado por la audacia.

Y gracias al beso de la audacia y de Anna lo había conseguido.

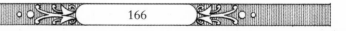

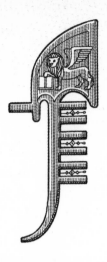

Capítulo 18
FUGA *de* VENECIA

En Venecia la luz del mediodía tenía un aura mágica e irreal. Exudaba escamas de oro que se dispersaban en la laguna como puñados de confeti. Tommaso Ranieri Strambi pedaleaba lentamente a bordo de la góndola mecánica de Peter Dedalus. Estaba cansado y asustado.

Había hecho un descubrimiento.

Un descubrimiento importantísimo.

Había vuelto a la Casa de los Garabatos. Había encontrado la puerta todavía abierta, tal y como la había dejado cuando Eco lo había secuestrado, y había entrado a mirar los frescos del pintor francés. Quería saber por qué aquella casa le daba tanto miedo. Había abierto todas las ventanas de par en par para dejar entrar la luz y...

¿Qué había visto?

Caras. Caras que emergían de la oscuridad.

Caras de monos.

Y caras de otros animales.

«Ahora lo entiendo…», había susurrado, incluso antes de haberlo entendido del todo.

Desde entonces no había dejado de temblar. El miedo que sentía cada vez que entraba en aquella casa maldita, donde un hombre había muerto ahorcado en el último piso mientras un incendio lo destruía todo, no era nada en comparación con el miedo que había sentido cuando lo había comprendido todo.

Todos aquellos animales…

Mono.

Erizo.

Bisbita.

Rana.

Aligátor.

Caballo.

Dragón.

Mamut.

Ballena.

Gato.

León.

En el caótico y aterrador fresco de Morice Moreau, sobresalían de la nada, entre la tupida hojarasca de un árbol con las raíces suspendidas en el vacío. Se precipitaban en el abismo oscuro de las escaleras. Al fondo, los esperaba un herrero armado con yunque y martillo. Como el Hefesto griego, el herrero de los dioses.

Había también otro animal en aquel fresco: un cuervo que volaba en el único espacio libre, macabro y aterrador.

Eran los mismos animales que estaban esculpidos en las llaves de las Puertas del Tiempo. Todos excepto el cuervo.

Y también estaban pintados allí, en la Casa de los Garabatos.

No podía tratarse de una coincidencia.

Tommaso comprendió entonces que aquella casa contenía mucho más que un simple fresco. Aquella casa, toda aquella casa, era un mensaje destinado a alguien que fuera capaz de interpretarlo.

Tommaso seguía pedaleando. Habría deseado ardientemente que Anna estuviera allí con él para poder contarle lo que había descubierto.

Cuando había comprendido que los frescos de la Casa de los Garabatos contenían un mensaje, también había comprendido por qué los Incendiarios tenían tanto interés en esa historia. Tanto Morice como Ulysses tenían relación con los lugares imaginarios: uno los había pintado y el otro vivía en un pueblo que no existía.

Tommaso había subido corriendo al segundo piso de la Casa de los Garabatos, presa de una ansiedad creciente, en busca de algo que había visto hojear a la madre de Anna unos

días antes. Era el enorme fichero de fotografías que ahora yacía a sus pies en la góndola. Como buena profesional que era, la madre de Anna había fotografiado los frescos en cada fase de las obras de restauración.

Después de encontrarlo, Tommaso lo había cogido y había echado a correr escaleras abajo. En un determinado momento, sin embargo, se había detenido de golpe, asaltado por una idea repentina.

Era demasiado peligroso dejar aquellos frescos, así, a la vista de todos…

Entonces había dejado el fichero con las fotos en el suelo, había vuelto al piso de arriba y había cogido los botes de pintura blanca. Los había abierto y los había arrojado sobre los frescos. Había manchado de pintura todas las paredes de las escaleras, como para borrarlo todo para siempre.

Después había vuelto abajo, había cogido el fichero, había salido corriendo hacia el canal y, sin mirar atrás, había subido a la góndola mecánica.

Como un vándalo. Como un delincuente.

Había cancelado, y quizá destruido para siempre, una obra de arte.

Los Garabatos.

Los animales de las llaves.

Las caras que lo observaban desde las ramas de un árbol sin raíces.

Tommaso Ranieri Strambi había dejado todo atrás y ahora se deslizaba sobre las aguas de la laguna a bordo de la

góndola de Peter Dedalus. Iba en busca de la calle del Amor de los Amigos.

La calle del Amor de los Amigos no existía, obviamente. No en la Venecia de Tommaso.

El chico había escudriñado cuidadosamente cada recodo de agua entre la calle Centani, la plaza de los Frari y la calle de los Saoneri, pero no había conseguido encontrar ni el callejón ni la puerta de los libros de Ulysses Moore.

Ya era casi la una, y Tommaso se sentía absolutamente exhausto.

Dejó que la corriente de la laguna lo empujara hacia las orillas de un canal poco transitado y se puso a pensar. Pensó en cuando Anna y él le habían preguntado al traductor de los diarios de Ulysses cómo había conseguido encontrar Kilmore Cove. Él le había regalado a Anna su reloj, diciéndole que le resultaría útil.

Un objeto del lugar al que se quiere ir…

Tommaso iba a bordo de un objeto que pertenecía a aquel lugar: la góndola mecánica de Peter Dedalus. Y también llevaba con él la capa y la máscara del primero de los Incendiarios: el conde Cenere. Así que eso no suponía un problema.

El traductor también había cantado una canción que les serviría de guía.

Una guía.

Ese era precisamente el problema. Tommaso no contaba con ninguna guía. Aparte de la góndola, quizá. ¿Podía ser la

góndola la guía? Se puso en cuclillas entre los engranajes que ocupaban la quilla en busca de algún mando. Un piloto automático, por ejemplo.

Encontró una palanca, una pequeña palanca roja, que acababa en una pequeña esfera de cerámica blanca con la letra «K» inscrita. «¿"K"como Kilmore Cove?», se preguntó Tommaso.

La accionó y la góndola empezó a avanzar por sí misma, lentamente. Para entrar mejor en el personaje, Tommaso se puso la capa del conde Cenere y se tapó el rostro con su larga máscara de pájaro.

«Tengo que creérmelo», pensó, mientras la góndola mecánica avanzaba sola, dejando a la izquierda el alto campanario.

«Solo tengo que creérmelo.»

La góndola giró a la izquierda y enfiló un estrecho canal que Tommaso había recorrido ya dos veces esa mañana. Cerró los ojos y se colocó mejor la máscara en la nariz.

Respiró profundamente y dejó que la góndola prosiguiera sola.

Toc, hizo la madera cuando chocó contra el borde de piedra.

Toc. Toc.

Tommaso abrió los ojos y miró a su alrededor. Un canal largo y estrecho, con un callejón a la derecha.

—No ha pasado nada… —murmuró en voz baja.

Todo era igual que antes. El agua viscosa, las fachadas de las casas inclinadas sobre el canal.

Se mordió los labios.

No se lo había creído lo suficiente. Se había equivocado. Las Puertas del Tiempo no existían. No en Venecia, por lo menos.

Lentamente levantó la mirada. Observó los tejados de las casas, las chimeneas, las antenas…

De repente, Tommaso se puso de pie sobre la góndola como impulsado por un resorte y casi estuvo a punto de perder el equilibrio. Miró a su alrededor estupefacto: ninguna antena, ningún cable de la luz ni del teléfono.

—No me lo puedo creer… —murmuró, saltando a tierra. Amarró la góndola rápidamente y se adentró por el callejón.

Justo al fondo, a la izquierda, había una escalerilla que parecía pintada en la pared lateral de una casa y, encima de los escalones, una puerta.

¿Estaba en 1751?

Tommaso abrió la puerta y entró en una habitación oscura llena de trastos y muebles apilados.

El muchacho casi se desmaya.

Detrás de los muebles había una puerta. Una Puerta del Tiempo, que aún podía abrirse. El último en usarla había sido Fred Duermevela, al menos según los libros de Ulysses Moore. Tommaso no sabía lo que había pasado después. Quizá Fred había vuelto a Kilmore Cove a través de la misma puerta. O quizá… no. Si hubiera sido así, la Puerta del Tiempo todavía estaría abierta.

Tommaso se agachó entre los mil cachivaches que atestaban la habitación e intentó abrir la puerta que estaba escondida allí detrás.

Se abrió.

—¿Y si ahora voy y aparezco en el dormitorio de alguien…? —murmuró.

Dejó de hacerse más preguntas, abrió la puerta y entró.

Villa Garabatos

Venecia ❀ *Italia*

Capítulo 19
La **MALETA** *de* **VOYNICH**

Malarius Voynich no recordaba cuándo había sido la última vez que había salido de viaje. Pero sí recordaba perfectamente que era algo que detestaba. Los preparativos, además, le resultaban absolutamente odiosos.

¿Cuánto tiempo estaría fuera? Kilmore Cove estaba en Cornualles y Cornualles estaba lejos.

¿Un día?

¿Dos?

¿Tres?

Tendría que dormir en un hotel. Perfecto.

Con meticulosa precisión metió en la maleta de cuadros escoceses un batín, un pijama, una máscara para dormir, unos tapones para los oídos.

Medicinas. Todas las medicinas.

A la maleta.

Camisas. Tres camisas.

A la maleta.

Pantalones. Tres pantalones.

A la maleta.

Ocho pares de calcetines. Todos idénticos y, además, del mismo largo.

A la maleta.

¿Y luego?

¿Qué más podía necesitar?

Hilo interdental. 15 centímetros.

A la maleta.

Su casa estaba perfectamente climatizada, pero fuera el tiempo podía cambiar no obstante las previsiones. Y Cornualles era famosa por esos repentinos cambios.

Impermeable. Jersey fino. Jersey grueso. Todos grises.

A la maleta.

¿Y luego?

Pasó delante del escritorio y apoyó la mano encima de una carpeta de piel negra atada con un lazo. Se quedó pensando unos instantes, a continuación desató el nudo y abrió la carpeta. Contenía 57 folios formato A4 escritos con el ordenador, 30 líneas de 60 pulsaciones cada una, interlínea doble, tipo de letra Times New Roman. En la primera página se leía:

Corazón sin dueño
~ Novela ~
M. Voynich

Las 56 páginas siguientes contenían el principio de la novela en cuestión. Una obra perfecta, impecable. La novela absoluta, definitiva, en la que Voynich trabajaba en celoso secreto desde hacía cincuenta y siete años. Una página al año,
con calma. Con atención. Y precisión.

Nadie sabía de la existencia de esa obra. Voynich la con-
sideraba su criatura y al mismo tiempo su única debilidad.

Cuando sonó el teléfono, el jefe de los Incendiarios se
sobresaltó y metió de nuevo las páginas en la carpeta, como
un niño al que hubieran pillado con los dedos metidos en
el tarro de la mermelada.

—¡Voynich! —exclamó levantando el auricular.

Era Eco.

—Estoy delante de la Casa de los Garabatos, señor Voynich. Está aquí también conmigo la señora Bloom, la restauradora —empezó a decir el Incendiario de Venecia.

Malarius Voynich no pronunció palabra.

—Le llamo porque me acaba de llegar un nuevo mensaje de la pequeña Bloom. Dice: «Estamos en la frontera, querido Tommy. Y Jason acaba de saltar al otro lado. Tengo
mucho miedo, pero ahora podremos pasar». ¿Me ha oído,
señor Voynich? ¿Qué piensa? ¿Señor Voynich?

—Te he oído.

—Me parecía importante…

—Escúchame bien, Eco. Estoy a punto de salir hacia Kilmore Cove para ocuparme personalmente de este asunto.

—Lo sé, señor Voynich. Y yo me reuniré con usted en Londres en cuanto…

—… EN CUANTO hayas arreglado las cosas con la señora Bloom. Y encontrado al pequeño vándalo, al señor de los monos. Pero, como ahora estoy a punto de salir, te rogaría que no me pusieras al día cada vez que te llega un nuevo mensaje de la pequeña Bloom.

—Pero me parecía importante que…

—A partir de ahora manda tus mensajes a los hermanos Tijeras, que están tras la pista de la pequeña Bloom.

—Señor Voynich, yo…

—Los hermanos Tijeras han comprado, con su dinero, un teléfono móvil francés, el +33 3648 39327. La última vez que hablé con ellos estaban en un bosque. Llámalos enseguida, antes de que los devore una manada de jabalíes enloquecidos. ¿Está claro?

Y, dicho lo cual, cortó la conversación.

Miró a su alrededor, circunspecto, y metió la carpeta con las 57 páginas en la maleta.

Comprobó por enésima vez lo que había introducido en la maleta y, coronándolo todo, puso su paraguas lanzallamas modelo Platinum. Por último, cerró la maleta.

—Ulysses Moore… —murmuró Voynich, con una chispa de odio—. Por nosotros dos.

—Una vez descartado lo imposible… —dijo el gemelo de rizos—, lo que queda, por improbable que parezca, debe ser la verdad.

—Esta es fácil —observó el gemelo rubio, de pie a su lado—. Sherlock Holmes.

Los hermanos Tijeras habían llegado a la terraza de los Pirineos que se abría sobre el vacío. El viento se arremolinaba en torno a ellos, mientras contemplaban la cuerda tendida entre los dos lados del barranco. Un extremo estaba atado a la base de una estatua alada, el otro a un montón de piedras.

El hermano rubio se volvió hacia el hermano de los rizos, levantando el sombrero.

—Error: Sir Arthur Conan Doyle.

—Pero la frase la pronuncia Sherlock Holmes en *El perro de los Baskerville*.

—Error número dos, hermanito. Sherlock Holmes no pronuncia ninguna frase. En todo caso, Sir Arthur Conan Doyle hace que la pronuncie su personaje.

El otro se alejó, mosqueado:

—No es momento de disquisiciones. Tenemos que decidir cómo y cuándo continuar.

—La dirección es inequívoca —dijo su hermano, combatiendo contra las ráfagas de viento.

El de rizos controló si la cuerda tendida sobre el abismo era lo bastante resistente:

—¿Crees que resisitrá?

—No lo sé. Pero, por favor, tú primero.

—¿Por qué yo?

—Pues porque yo he ido delante de ti todo el camino, por todos los prados. Mira qué traje. Lleno de hierba. ¡Está para tirarlo!

—Pues entonces mejor que pases tú primero. Como tienes el traje para tirarlo, no corres el riesgo de estropearlo si te haces papilla contra las rocas de allí abajo.

Se asomaron los dos para mirar «allí abajo».

—A propósito, ¿ves las rocas del fondo?

—No, hermanito. No veo nada de nada.

—¿Y según tú es indipensable proseguir? ¿Qué habrá en el otro lado?

—No tengo la más mínima idea, hermano. Pero, por favor, detrás de ti.

Capítulo 20
La *VERJA SECRETA*

Cuando llegaron al lago, el cielo ya estaba cubierto por una densa capa de nubes.

Después de atravesar el abismo con la ayuda de la cuerda, Rick, Jason y Anna habían proseguido el camino sin apenas cruzar palabra. Anna había descubierto que su móvil no tenía cobertura. Le había pasado lo mismo cuando había llegado a Kilmore Cove. ¿Sería aquello una señal de que se estaban acercando a su meta?

El sendero descendía ahora entre las montañas hasta alcanzar un valle circundado de profundos precipicios. El paisaje era abrupto, pero extensos bosques cubrían las laderas más bajas.

El sol de la tarde estaba cayendo.

Siguieron siempre hacia el este y llegaron a un lago con tres cascadas.

No esperaban encontrarse con un espectáculo similar: el lago formaba una cuenca perfectamente circular rodeada por rocas escarpadas de más de diez metros de altura. En las aguas claras se precipitaban tres cascadas tumultuosas, cuyo rugido llenaba completamente el aire en aquel momento.

Los tres chicos acabaron con el pelo mojado adherido a la cabeza y la ropa empapada de agua.

—¿Vosotros veis una verja, chicos? —preguntó Jason ante las cascadas.

—¡Nooo! —chilló Anna, intentando sofocar el rugido del agua.

—¡Esperadme aquí! —dijo Rick, dándoles la mochila. Sin añadir más empezó a trepar por las rocas resbaladizas ayudándose con las raíces de los árboles y arbustos para subir. Llegó hasta la cuenca rodeada de rocas en menos de un cuarto de hora. Y, una vez allí arriba, sintió que la emoción lo invadía.

Se encontró ante un valle anular, completamente ocupado por un río. El agua que se dividía formando las tres cascadas rodeaba una montaña cilíndrica, que se erguía ante él como una enorme tarta boca abajo. En la cima de roca sobresalía el verde de un tupido bosque. Nubes de agua y de espuma giraban en el aire, haciendo difícil distinguir las siluetas de aquel paisaje salvaje y primitivo. El cielo, oscuro, estaba atravesado por pinceladas de luz roja y naranja.

Manteniéndose en equilibrio entre las rocas, Rick prosiguió hacia el río. Miró muchas veces abajo, buscando los rostros de Anna y Jason entre el frondoso bosque, pero no consiguió distinguirlos. Tampoco estaba seguro de que ellos pudieran verlo. Pero no le importaba. La única persona a quien habría querido ver allí era Julia. Y, por lo que sabía, Julia se encontraba todavía en Kilmore Cove, en la cama con fiebre.

Resbaló sobre una piedra húmeda y el golpe le pilló por sorpresa. Se le escapó un grito. «Una advertencia», pensó. No debía distraerse.

Siguió caminando con más atención sin dejar de mirar a su alrededor. Recordaba perfectamente las indicaciones de Morice Moreau. «Si la verja está cerrada, acordaos de no llamar. No resulta descortés, sin embargo, cerrar el agua.» «¿A qué verja no se puede llamar?», se preguntó Rick. Y la respuesta fue casi inmediata: «A una verja hecha de agua».

Y si no era descortés cerrarla, es que tenía que haber una manera de hacerlo.

—Respecto a lo de antes, Jason… —empezó a decir Anna cuando estuvieron a solas.

Él evitó mirarla.

—Perdona. Lo siento. No sé por qué lo he hecho.

—Ah —dijo Anna—. ¿No sabes por qué lo has hecho?

—Pues no —continuó Jason—. No lo sé. Pero tampoco tienes que hacer una tragedia.

«¿Qué tragedia?», le habría gustado contestar a Anna. También le habría gustado decirle que no le había parecido nada mal que la besara. No de una manera tan directa, obviamente... Con unos cuantos rodeos, pero sin dejar lugar a dudas.

Hacerle entender que, vale, se habían besado.

Y que había sido su primer beso.

Y que, uau, había sido un beso de locura.

Anna solo quería decirle que... estaba contenta de que hubiera pasado. Y ahora, sin embargo, parecía que él... quería hacer como si no hubiera pasado nada.

Desde que habían atravesado el barranco, la primera regla de Jason Covenant se había impuesto y Anna y él no se hablaban, no se miraban. Ni siquiera se rozaban.

Era como si Anna estuviera... apestada.

—No te entiendo, Jason —dijo Anna, en un tono de voz demasiado bajo para que él pudiera oírla.

—Voy a ver si Rick necesita que le eche una mano —anunció él—. Tú no pierdas de vista las mochilas.

—Claro. No las perderé de vista...

Jason desapareció entre los árboles. Un momento después, se oyó el ruido de mil tizas chirriando simultáneamente en la pizarra más grande del mundo.

Anna se tapó los oídos, mientras que Jason volvía precipitadamente junto a ella para asegurarse de que iba todo bien.

—¿Qué ha pasado?

—No tengo ni idea. Parecía… no lo sé…

—¡Jason, mira!

Lentamente, de una de las tres cascadas empezó a caer menos agua. Hasta que se secó del todo. Y donde antes había una pared líquida, ahora se veía una cavidad cerrada por una verja negra coronada por una gran «A» dorada.

—¡Arcadia! —murmuraron al unísono los chicos.

Capítulo 21
La **PLAYA**

Julia salió corriendo de casa de Calypso y se precipitó a la calle. Los primos Flint apenas tuvieron tiempo de verla pasar como una flecha por delante de ellos, descalza, y atravesar a todo correr la plaza del pueblo.

—¿Habéis visto qué prisas? —preguntó el Flint grande.

—Sí. Qué prisas.

El Flint pequeño dio orden a los otros de seguirlo y los tres se lanzaron tras ella.

Julia cruzó las calles de Kilmore Cove con un nudo en la garganta y la sensación de haber cometido la peor fechoría de su vida. Recorrió a toda prisa la calle principal y a continuación enfiló el paseo marítimo. Del embarcadero saltó a la arena de la playa y corrió hasta llegar a la orilla del mar.

Solo cuando sintió el agua fría en los pies empezó a tranquilizarse lentamente.

Apretaba convulsamente contra su pecho la libreta de Morice Moreau.

La levantó, la miró a contraluz y la reconoció.

Era idéntica.

Idéntica a la de Anna.

La abrió.

Las mismas ilustraciones. Los mismos marcos…

—¡Eh, guapita! —exclamaron los Flint.

Julia cerró la libreta de golpe y la escondió detrás de la espalda. Los primos la miraban fijamente, encaramados al muelle como tres lechuzas.

—¿Qué haces ahí?

—Eso, ¿qué haces ahí?

—¿Y qué tienes escondido detrás de la espalda?

Julia no conseguía articular palabra. Seguía viendo la escena de la anciana señora en la cama que la llamaba mamá. Y le pedía que le leyera las historias de aquel librito. Las historias del padre.

Eran demasiadas cosas de golpe. Así que, cuando uno de los primos Flint le preguntó de nuevo qué era lo que tenía escondido detrás de la espalda, Julia, por toda respuesta, echó a correr hacia el faro.

—¡Detenedla!

—¡Corred!

—¡Se escapa!

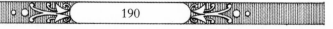

La persecución por la playa se transformó en una verdadera carrera de resistencia. Julia corría sobre la arena, con los pies descalzos, mientras los tres primos le pisaban los talones desde el paseo, sin perderla de vista. Cuando la playa del puerto terminó, Julia aceleró el paso, se adelantó por los pelos a los tres energúmenos y siguió huyendo por el paseo que bordeaba la carretera de la costa hasta el faro, y luego fuera del pueblo. Oyó las manos del Flint pequeño cerrarse en el aire a menos de un metro de ella.

—¡Párate!

—Sí, ¡párate!

Y mucho más atrás:

—¡Sí, pero paraos también vosotros!

Pero Julia no tenía ninguna intención de detenerse. Al contrario, se puso a correr todavía más rápido y los dejó atrás a los tres. Lo hizo con tanta facilidad que casi le dieron pena los tres primos. Hacía meses que no corría con tantas ganas.

Así que se detuvo y se dio la vuelta para plantarles cara.

—¿Os habéis rendido ya, Flint? —dijo con tono desafiante.

El Flint pequeño le lanzó una mirada de odio puro y se abalanzó hacia ella.

—¡No nos piques… guapita… no… nos piques!

—¿Y para qué os iba a picar? ¡Total no ibáis a lograr cogerme nunca!

Dos de los Flint se pusieron a correr, mientras el tercero, el más grande del grupo, arrancaba desde cien metros más

atrás. Julia ya estaba casi lista para emprender de nuevo la carrera cuando vio al Flint pequeño ponerse blanco de repente y detenerse en mitad de la calle.

Julia no entendió enseguida lo que estaba pasando. Luego, cuando también el segundo Flint dejó de correr y se quedó mirando fijamente algo que estaba detrás de ella, se dio la vuelta.

Y se encontró cara a cara con un monstruo.

Los Flint gritaron y salieron disparados. Un segundo antes estaban allí, un segundo después estaban corriendo a más no poder hacia el pueblo.

Julia, sin embargo, había dado un paso atrás y apretaba con fuerza la libreta de Morice Moreau contra su pecho para protegerla. Pero no estaba segura de poder hacer nada para librarse de aquella visión terrorífica.

La figura que tenía ante sí iba completamente vestida de negro, con una capa larga hasta los pies. Y llevaba puesta una aterradora máscara con pico de pájaro, que le confería un aspecto amenazador.

La figura levantó una mano y señaló hacia ella.

—Tú eres Julia, ¿verdad? —preguntó, con un tono de voz que, lejos de infundir terror, parecía más bien propia de un chico joven.

Julia, bastante sorprendida, no sabía qué hacer. Podía huir o… responder.

—Ejem… sí. Soy Julia.

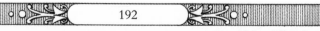

La figura negra se quitó la máscara, dejando ver el rostro de un chico de su misma edad.

—Mi nombre es Tommaso Ranieri Strambi —se presentó—. Y, vaya, no creía que fueras tan alta.

Julia se quedó de piedra. ¿Aquel tipo vestido de bufón no solo la conocía, sino que además se la imaginaba… distinta?

—Perdona, pero… ¿tú quién eres?

—Ah, claro. Vengo de Venecia, 1751. La Isla de las Máscaras.

Julia se tambaleó, pero el chico siguió con su explicación:

—Esta es la vestimenta del conde Cenere. Creo que tú lo conociste…

—Pero…

Y en este fichero… están todas las fotos de la Casa de los Garabatos. De los frescos de Morice Moreau… ¿Sabes de qué estoy hablando?

—Sí… pero…

—¿Anna ya te lo ha contado todo?

—Creo que…

—Perfecto. Porque yo ahora tengo que contarte la segunda parte. No te lo vas a creer… No os lo vais a creer… —Lanzó una mirada penetrante al puerto, a las viejas casas de Kilmore Cove y, por fin, a Villa Argo, que despuntaba en lo alto del acantilado—. ¡Ah, ahí está! Es exactamente como me la imaginaba.

—Perdona, la segunda parte ¿de qué? —preguntó Julia, apretando la libreta contra su pecho aún con más fuerza.

Tommaso puso cara de tener la respuesta.

—Bueno... es que he descubierto el secreto de las Puertas del Tiempo. Sé cómo se construyen.

Levantó el fichero con las fotos.

—Está todo en estas fotografías.

Capítulo 22
La ESCALADA

Mientras recorrían el estrecho y resbaladizo sendero que circundaba el lago para llegar hasta el hueco donde antes estaba la cascada, Rick describió a sus amigos lo que había visto desde las rocas y cómo había encontrado y puesto en marcha el rudimentario mecanismo de la esclusa.

—Había una rueda dentada que ha desviado el agua hacia la cascada central, así que esta de aquí… se ha secado.

—¿Y cuánto crees tú que durará?

—No lo sé. No estoy seguro de que sea algo definitivo.

Y de hecho, mientras se acercaban a la verja, ya oyeron caer desde lo alto algunos chorros de agua cada vez más potentes. Aceleraron el paso y llegaron a la verja cuando la cascada ya había comenzado a rugir de nuevo furiosamen-

te detrás de ellos. El ruido del agua que caía era tan intenso que tapaba sus voces.

Empujaron la verja, que se abrió apenas, justo lo suficiente para dejarles pasar, y se encaminaron a través de un túnel excavado en la roca.

El túnel subía lentamente hacia la superficie. Alcanzaron el exterior, saliendo exactamente a los pies de la montaña que había visto Rick.

El sol ya era un círculo tembloroso en el horizonte. Flechas de luz roja y naranja asaeteaban la montaña con forma de tarta rodeada por el anillo del río. El agua rugía y lanzaba espuma, como intentando volver a apropiarse del espacio en el que se apoyaba el macizo.

Llegados a ese punto, podían hacer solo una cosa.

—«Aconsejamos vivamente no detenerse a reposar durante el ascenso… —dijo Rick—. Desconfiad de engañosos refugios.»

Dieron la vuelta a la montaña y al final encontraron una fila ordenada de ranuras en la piedra calcárea que ascendían por la pendiente.

—Creo que Morice Moreau nos está diciendo que no perdamos tiempo aquí abajo y que… subamos… —murmuró Jason—. Por esas ranuras.

—Justo lo que faltaba para completar el día —replicó Anna, sarcástica.

—No podemos subir —precisó Rick—. No tenemos nada para trepar.

—Tenemos la cuerda. Y los ganchos —replicó Jason. La herida de la frente se estaba poniendo morada.

—Pero también tenemos las mochilas. Y pesan mucho.

Jason seguía mirando hacia arriba.

—Estamos a un paso del Pueblo que Muere… —susurró—. Estoy seguro de que está allí arriba.

Apoyó la mano en el hueco de la primera hendidura. La piedra estaba todavía caliente.

—No parece difícil —dijo—. La ranura es profunda.

Tendió la mano y encontró cómodamente la hendidura sucesiva. Trepar por allí sería un juego de niños.

—Jason… —lo llamó Anna.

—No hay que pararse aquí. Hay que subir —repitió él, empezando a trepar—. Y yo no tengo intención de perder más tiempo. Si no queréis venir, esperadme aquí.

—Es peligroso —le advirtió Rick.

—No más que el salto. No más que desviar una cascada.

—Jason… las mochilas pesan.

—Entonces dejadlas ahí abajo y subid sin ellas.

—¿Y la tuya?

—Yo me la llevo. Dentro están las monedas de oro.

Al final, después de algunos titubeos, los tres emprendieron el ascenso.

Jason, por delante de sus dos compañeros, iba introduciendo las manos en las ranuras y trepando sin prisa alguna, como si estuviera subiendo por una simple escalera de mano. La piedra le rozaba las rodillas.

Anna iba en medio, vacilante. Estaba disgustada con Jason. ¡Se había vuelto tan descarado e insolente! Sin embargo, cuanto más subía, más cuenta se daba de que no era difícil. Bastaba respetar una sencilla regla: no mirar nunca hacia abajo. Por ninguna razón.

Anna no miraba abajo. Y tampoco miraba arriba.

Solo miraba la piedra que tenía delante de sus narices, blanca y porosa.

Rick cerraba la fila.

Sus fuertes brazos no tenían problemas para escalar la pared. Sus manos robustas hacían presa segura en la roca. Cada vez que veía a Anna ir más despacio le decía:

—No mires abajo.

—Ya casi hemos llegado.

—Ya queda poco.

Los tres chicos siguieron trepando, el sol les calentaba con fuerza la nuca y el río rugía en torno a ellos, como una canción.

Eran tres murciélagos suspendidos en el vacío.

En cuanto Anna se detuvo para recuperar el aliento, comprendió que había cometido un grave error.

Al momento sintió las piernas pesadas y tuvo la sensación de que algo tiraba de ella hacia atrás, como si llevase un gancho pegado a la espalda.

—¿Pasa algo? —le pregunto Rick algo más abajo.

Anna cerró los ojos. Con la cara pegada a la pared blanca y los pies metidos en la hendidura de la piedra, primero

relajó un brazo y después el otro. Sentía los músculos entorpecidos por la tensión y las rodillas le escocían a causa de las rozaduras producidas por la fricción contra la piedra.

—¡Ánimo! —le dijo Jason desde arriba—. ¡Queda menos de la mitad!

Probablemente fue esa frase la que la inmovilizó. Anna se vio a sí misma, después de haber ascendido más de la mitad de aquella escarpada pared que había observado desde abajo, y sintió un vértigo espantoso. Movió los pies dentro de las ranuras, pero no lograba sacarlos de allí ni avanzar.

—¿Anna? ¿Estás ahí? —le preguntó Rick.

«No —pensó la chica—. No estoy. Y las piernas están a punto de fallarme.»

—¿Anna?

Anna se agarró todavía con más fuerza a la roca.

Hasta ese momento todo había ido bien.

Ahora no podía detenerse.

Pero no conseguía moverse.

—¡Jason, vuelve atrás! —gritó Rick—. ¡Anna tiene un problema!

—No, no. Va todo bien —respondió la chica—. Es solo un momento. Ahora me recupero.

El chillido de un ave que volaba a poca distancia de ellos le hizo abrir los ojos. Una mancha negra, dos alas de cuervo, pasaron a pocos centímetros de su cabeza.

Anna miró el pájaro.

Y miró hacia abajo.

Notó la mano de Rick en el tobillo.

—Tranquila —le dijo—. No es nada. Solo tienes que seguir subiendo, como has hecho hasta ahora.

—No… puedo… —murmuró—. No puedo moverme.

—Paso a paso. Con calma —insistió Rick.

El sol rojo se abismó tras el perfil dentado de las montañas, tiñendo las nubes de sombras color violeta.

—No puedo moverme, Rick…

—Pues tienes que moverte.

La chica sentía que estaban a punto de saltársele las lágrimas por la desesperación.

—No puedo…

—Sí puedes. Ya hemos llegado hasta aquí. Respira. Con calma —siguió diciéndole Rick—. Solo tienes que estar tranquila. Podemos esperar. Podemos subir. O bajar, si quieres. No pasa nada.

Anna negaba con la cabeza. Se sentía una perfecta imbécil. Rick era amable, cortés, atento. Nunca cometía imprudencias. Nunca presumía de nada. No alzaba el puño hacia el cielo como un gladiador que hubiera acabado con su enemigo. Rick era sólido y fuerte. Era una roca.

Sin embargo ella, ella era como arena pulverizada.

¿Por qué no se había quedado en Venecia, en casa, haciendo los deberes con Miolí en las rodillas? Miolí, que trepaba por el canalón y desaparecía en el estudio abuhardillado.

Su gato no tenía miedo a las alturas. Subía ágilmente sin mirar nunca hacia abajo. Un gato. Eso es lo que tenía que hacer. Tenía que hacer lo mismo que hacía Miolí.

Subir sin pensar.

—Yo soy un gato —dijo.

—Sí —asintió Rick, justo debajo de ella—. ¡Eso es! Eres un gato.

Anna movió la mano dentro de la ranura en la que se había quedado paralizada. La sacó y buscó otra ranura por encima de ella.

—¡Así, muy bien!

—¡Un gato!

Anna llegó hasta la ranura sucesiva y subió. Su cuerpo era pesado, muy pesado. Anna era un gato enorme y pesado. Un gato torpe y desmañado.

Pero un gato que no tenía miedo de la altura.

Cerró los ojos y repitió el movimiento.

Y subió un poco más.

Después sintió que alguien la agarraba.

Reconoció las manos y los brazos de Jason que la alzaban. Se abandonó completamente a su abrazo y dejó que él la tumbara en el suelo, bajo un árbol.

Anna giró sobre sí misma, como cuando uno está en la cama y no se quiere levantar.

—Madre mía… —murmuró—. Madre mía…

Jason se puso a su lado, en cuclillas. Anna lo miró a los ojos y, durante un largo instante, reconoció la mirada de

cuando la había besado. Un instante después vio asomar la cabeza de Rick, que subía dándose un último impulso, y la mirada desapareció.

Anna le sonrió, agradecida.

—¡Uau! ¡Lo hemos conseguido! —exclamó el chico pelirrojo, arrojando al suelo las mochilas.

Anna se lanzó en sus brazos. Sus mejillas se acercaron hasta que sintió encenderse la de Rick.

—Sin ti no lo habría conseguido nunca. Gracias.

El sólido, fuerte, comprensivo Rick.

—Has estado fantástica —le dijo Rick, turbado por aquel abrazo y por la mirada fulminante de Jason, que los observaba a pocos pasos de distancia sin decir palabra.

Capítulo 23
ET *in* ARCADIA EGO

El cielo empezó a rugir, anunciando una lejana tormenta. Los tres chicos estaban sentados bajo los árboles, contemplando el atardecer y descansando. Cuando el cielo empezó a oscurecerse y algunos rayos violeta cruzaron el horizonte, Jason se levantó. Tenía los labios apretados, como si tuviera que retener algo en la garganta. Sin decir palabra, se adentró en el tupido bosque.

Rick y Anna lo siguieron. Encontraron un camino de piedra casi oculto por la maleza y los matorrales. En el bosque circundante resonaban ecos lejanos, pasos de pequeños animales, ramas que se movían.

—Este sitio me da escalofríos… —dijo Anna después de algunos minutos de lenta caminata—. ¿A ti no?

Rick miraba fijamente la espalda de Jason, que iba delante de él.

—Sí. Y tengo la sensación de que nos observan.

También Jason se detuvo. Había visto algo que se movía entre los árboles.

—¿Qué pasa?

—No lo sé.

El camino se ensanchó y los condujo ante un paralelepípedo liso parecido a la base de una estatua que estaba invadido por la vegetación. Unas raíces retorcidas lo habían inclinado hacia un lado y la hiedra lo había cubierto casi por completo. Jason apartó la planta trepadora con la mano y descubrió una inscripción:

ET IN ARCADIA EGO

En ese momento los tres comprendieron que se trataba del mismo lugar que estaba dibujado en la libreta de Morice Moreau. Era la escena en que aparecían tres personas en un bosque junto a una construcción baja de piedra. El título del dibujo era precisamente «Et in Arcadia ego».

—También yo estoy en Arcadia… —murmuró Jason, acariciando las letras grabadas en la piedra. Intentó girar en torno al paralelepípedo, pero la tupida vegetación se lo impidió, así que decidió subirse al pedestal para mirar desde arriba.

—¿Qué ves? —le preguntó Rick desde abajo.

Jason se puso de pie, bajo la última luz del sol poniente. Indicó el camino que continuaba y dijo:

—Allí abajo… hay un pueblo.

El bosque empezó a clarear, dejando paso a árboles aislados, prados herbosos y manchas de cielo de color gris y rojo fuego. Entre la vegetación sobresalían restos de antiguas columnas circundados por plantas trepadoras. El frontón de un templo que se apoyaba sobre cuatro columnas acanaladas. La estatua de una mujer sobre un pedestal sin inscripciones. Más allá, algunos edificios de tejados puntiagudos, cuyas ventanas desbordaban de flores. Una iglesia con un alto campanario del que pendían racimos de glicinias. Una torre o un observatorio astronómico inmerso en el verde. Caminos, calles, senderos cubiertos de hierba, mientras los árboles crecían dentro de las casas.

Jason, Anna y Rick caminaban por las calles de un viejo pueblo abandonado y parcialmente reconquistado por la vegetación. Las ramas salían de las buhardillas de las casas medievales. Raíces seculares abrazaban las fuentes sin agua. Un musgo suave, verde oscuro, crecía en las zonas sombrías, y unos prados infinitos salpicados de pequeñas flores blancas hacían de plazas.

El pueblo tenía edificios de distintas épocas y estilos y parecía habitado solo por animales: numerosos pájaros habían construido sus nidos sobre las chimeneas apagadas. Los conejos habían excavado sus madrigueras en los sótanos.

Generaciones de roedores habían devorado los tejados cimbrados de los edificios más imponentes, que yacían derruidos sobre un lado, como construcciones de cerillas.

—Aquí está el Pueblo que Muere —dijo Anna, apartando las ramas de una planta trepadora que pendían del brazo de una estatua.

—Un lugar completamente abandonado… —observó Jason, dando vueltas entre las casas con las puertas y ventanas abiertas.

Delante de él una bandada de pájaros de plumas amarillas y verdes alzó el vuelo. El susurro de sus alas fue como un restallido imprevisto.

—¡Atiza! —exclamó Anna.

Estaban frente a un teatro romano casi oculto por la maleza. Detrás había dos majestuosos edificios que parecían de estilo renacentista y una fuente de la misma época recubierta de musgo amarillo, de la que aún brotaba un reguero de agua. Y más allá había otras casas, en parte derruidas, con árboles, flores y hojas.

Era como si durante miles de años diversos constructores y arquitectos hubieran encontrado refugio en aquel bosque y hubieran dejado allí su propia impronta. Una mezcla confusa de líneas y estructuras.

Al llegar la tarde, las voces de los pájaros se fueron apagando poco a poco y los animales que habitaban en las casas abandonadas dejaron de huir al oírlos llegar.

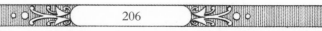

—¡¿Chicos?! —exclamó Anna, agarrándose al brazo de Jason.

—¿Qué pasa?

—He visto un bulto grande ahí, en ese lado —indicó la chica.

—¿Hay alguien ahí? —gritó Rick, acercándose a la fuente recubierta de musgo.

Alargó la mano para tocar el agua. Estaba fresca.

Se humedeció los labios.

Flores, prados. Casas caídas sobre las casas vecinas. Vigas en las que habían crecido familias de hongos llenos de colores. Ruinas, columnas, una avenida de estatuas.

—A lo mejor se ha ido por allí —sugirió Rick, indicando la avenida.

—Esperad —dijo Anna—. Vamos a hacer una prueba.

Se sentó en el suelo y sacó de la mochila la libreta de Morice Moreau. La abrió rápidamente y buscó el marco de la mujer que estaba huyendo.

Pero ella no estaba.

—¡Abre tu libreta! —gritó entonces Anna. Al oírla algunos animales huyeron asustados—. ¿Me oyes? ¡Estoy aquí! ¡Abre tu libreta!

Jason y Rick miraron a su alrededor. Las sombras se cernían sobre la ciudad.

—¡Estoy aquí! —gritó Anna—. ¿Me oyes?

La chica cerró y volvió a abrir la libreta.

Y entonces la mujer sí apareció en el interior del marco.

Cuando la vio, Anna sonrió. Puso la mano encima del dibujo y le dijo:

—He venido, ¿has visto? Estoy aquí.

—Te he oído.

Jason aguzó el oído. ¿Un susurro? ¿Una voz? ¿De dónde venía? Cogió la mano de Rick y le hizo una señal para que le ayudara a localizar de dónde venía.

—No estoy sola —dijo Anna—. Somos tres. Mis amigos y yo. Hemos venido a ayudarte.

—¿Ayudarme? Hace años que nadie viene a este sitio.

Jason murmuró algo y Rick hizo un gesto afirmativo con los ojos. También él, ahora, había oído algo. Se dirigieron cada uno hacia un lado, con los oídos atentos al menor ruido. Le hicieron una señal a Anna para que siguiera hablando. Y ella asintió.

—Pues nosotros hemos venido, ¿nos ves?

—No. No os veo.

—Nosotros tampoco te vemos a ti. ¿Dónde estás?

—Estoy escondida.

Jason llegó hasta una casa alta y estrecha, mientras Rick, en el lado opuesto, empezaba a dar la vuelta en torno a una columnata.

—Yo no estoy escondida. Estoy en la plaza de la fuente —dijo Anna—. Estoy sentada en el suelo y te estoy hablando. Si quieres venir a conocerme, estoy aquí. Me llamo Anna Bloom.

—¿Cómo habéis encontrado el camino?

—Teníamos una buena guía: la libreta de Morice Moreau.

—Ah, Morice —suspiró la mujer, a través de la ventana de papel.

Jason dejó la casa estrecha y alta y se dirigió hacia un imponente edificio de tres pisos que estaba al otro lado de la plaza. Rick, por su parte, siguió caminando cautelosamente entre las columnas.

—¿Conociste a Morice?

—Sí —respondió la mujer de papel—. Fue uno de los últimos en venir aquí. Pero de eso hace ya mucho tiempo. Me prometió que regresaría. Y yo… le he esperado todos estos años. Pero…

—Él no ha vuelto.

—No.

—¿Y cuánto tiempo llevas esperando?

—¿Diez, cien, mil años? ¿Qué importa el tiempo cuando se está solo?

Jason ahora estaba seguro de haberla oído. La voz sonaba cerca. Muy cerca. Levantó los ojos para intentar averiguar si provenía del interior de la casa o de… detrás.

—¿Sabes? —le dijo Anna—, aún no me has dicho cómo te llamas…

El dibujo permaneció por un momento en silencio, antes de contestar.

—Ya no tengo un nombre. Puedes llamarme Última.

Anna retiró el dedo de la página un instante.

—¿Última de qué?

La mujer se echó a reír con tantas ganas que Anna logró oír su risa incluso fuera de las páginas del libro.

—Haces demasiadas preguntas, Anna Bloom. ¡Demasiadas preguntas!

También Jason había oído la carcajada: fuerte y clara. Corrió hasta detrás del edificio y…

—¡Me estás mintiendo! —dijo Última a través de la página.

—¡No, es verdad!

La imagen de Última desapareció de repente de la página.

—¡Última! —gritó Anna.

En la parte trasera del edificio había un jardín lleno de flores silvestres altas hasta las rodillas. Cuando Jason salió de detrás de la pared, se encontró cara a cara con una mujer.

El encuentro fue tan inesperado que ambos se quedaron paralizados. Jason tenía las manos alzadas. Última llevaba una túnica azul celeste sin mangas. Tenía el pelo cortísimo, las orejas menudas, los dedos de las manos muy largos. Iba descalza y tenía en las manos un ejemplar de la libreta de Morice Moreau.

Jason abrió la boca.

La mujer tenía dos profundos ojos negros y la nariz recta y afilada.

—Yo… —empezó a decir Jason.

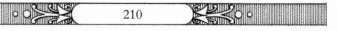

Fue cuestión de un instante. Con un movimiento de gacela, la mujer desapareció entre la arboleda, como si no hubiera existido jamás.

Jason parpadeó. ¿La había visto de verdad? ¿O se había tratado solo de un fantasma?

La piel de aquella mujer era lisa como el mármol de las estatuas y, como las estatuas también, estaba impregnada de una extraña antigüedad. ¿Cuántos años tendría? ¿Veinte? ¿Treinta? ¿Cien?

Anna llegó hasta él corriendo.

—Se ha ido por allí —dijo él.

Y Anna siguió corriendo.

La chica atravesó el prado de flores y se dirigió hacia el bosque. Se detuvo allí donde la vegetación era más frondosa y levantó los brazos por encima de la cabeza.

—Soy yo. ¿Me oyes, Última? ¿Puedes verme? ¡Soy yo! ¡Anna Bloom! ¡No te estoy mintiendo! ¡Mírame! ¡Solo soy una chica! Y esta… —Levantó la libreta—. ¡Esta es mi libreta!

No pasó nada.

—¡Última! —volvió a llamarla Anna—. ¡Por favor! ¡No huyas! ¡Somos tus amigos! ¡Hemos venido hasta aquí solo para ayudarte! Hemos hecho un larguísimo viaje. ¡Por ti! ¡Solo por ti!

La vegetación que había delante de ella se movió de manera casi imperceptible. El crujido de una rama partida. Otro ruido, como un susurro: un cuerpo abriéndose camino.

Anna bajó lentamente los brazos.

—¿Última…?

Primero una mano y luego la otra salieron de entre las hojas. Al final asomó el rostro de mármol. Última permaneció vacilante en el límite de la vegetación. Inclinó el cuello a un lado y después al otro, como un animal que la estuviera analizando.

Anna sonrió.

—Amigos —dijo.

Entonces, sin esperar su reacción, se sentó en la hierba. Y se dejó analizar.

Capítulo 24
Los SEÑORES BLOOM

—A ver si lo entiendo... —dijo la madre de Anna al teléfono, mientras caminaba y hablaba al mismo tiempo—. ¿Me estás diciendo que has perdido a nuestra hija?

—No la he perdido —replicó el padre de Anna, tamborileando con los dedos sobre el escritorio de su oficina londinense.

—No uses ese tono conmigo. No estoy de humor.

—Te repito que no he perdido a nuestra hija. La he acompañado al aeropuerto. Puntual.

—La has acompañado tres horas antes de la hora de salida.

—¡La he acompañado a la hora que ella me ha dicho!

—¡Que no uses ese tono conmigo!

—¡Pues entonces escucha lo que te digo!

—¡No, escúchame tú a mí! Me tenían que traer cincuenta litros de pintura, pero se han equivocado de dirección y he tardado toda la mañana en solucionar el problema. ¡No solo eso! Estaba tan fuera de mis casillas que le he dejado las llaves de la Casa de los Garabatos a un amigo de Anna, este no la ha cerrado y se ha ido vete tú a saber dónde…

—Escucha…

—… y ha entrado un vándalo que ha lanzado un cubo de pintura blanca sobre las escaleras, encima de los frescos. ¿Y ahora tú vienes y me dices que nuestra hija ha desaparecido?

—¡No ha desaparecido! ¡Ha ido a Toulouse!

—¿Y por qué se ha ido a Toulouse?

—¡Porque se ha equivocado de avión!

—¡Tenías que haber ido con ella al mostrador de facturación! Tenías que haberte asegurado de que cogía el avión de Venecia. ¡Venecia! ¡No Toulouse!

El señor Bloom lanzó un resoplido.

—Pero ¿cómo es posible que, con todos los controles que hay hoy en día, una chica pueda coger el avión que va a Toulouse en lugar del avión de Venecia?

La señora Bloom pasó por encima de las cintas de seguridad blancas y rojas que rodeaban la Casa de los Garabatos.

—¡No lo sé!

—¿Qué estás haciendo?

—¡Estoy pasando por encima de las cintas de seguridad! ¡No quiero que me vea el dueño de la casa! ¡Pensará que ha

sido culpa mía! ¿Te das cuenta? ¡Vándalos! ¡No tienen nada mejor que hacer que destruir los frescos de Moreau!

—Ese tipo es un gafe.

—Ya vale con esas tonterías, ¿no?

El señor Bloom se levantó del escritorio, pasó la comunicación al móvil y atravesó a paso decidido la oficina.

—¡¿Me oyes?! —gritó al teléfono—. Salgo ahora mismo para allá.

—No hace falta. ¿Para qué? Mejor ve a Toulouse a buscar a nuestra hija.

—¿No coge el móvil?

—No. Me ha mandado un mensaje para decirme que cuesta demasiado, que mejor los sms. Y también dice que va todo bien y que cogerá el primer vuelo para Venecia. Que no nos preocupemos, que tiene suficiente dinero…

—Pero tú estás preocupada. Y yo estoy preocupado —concluyó por ella su marido.

Salió del banco.

—Hay algo más… —dijo la mujer, tras exhalar un suspiro.

—¿Qué?

—Mientras esperaba a que me trajeran la pintura, he llamado a la señora Strambi.

—No conozco a ninguna señora Strambi.

—Es la madre del amigo de Anna.

—¿Ese al que le habías encargado cerrar la casa esta mañana?

—El mismo.

El señor Bloom notó cómo una punzada fría se abría camino entre sus costillas.

—No ha ido al colegio. Y no ha vuelto a casa a la hora de comer.

—¡¿Qué…?!

—Lo que has oído.

El señor Bloom intentó recordar con precisión la edad de su hija.

—¿Es posible que se hayan…?

—¿Escapado juntos? —Su mujer estalló en una carcajada histérica—. ¿Qué quieres que te diga?

—Voy para allá enseguida —exclamó el señor Bloom.

Colgó el móvil y empezó a caminar a paso rápido por la acera. Al principio no hizo caso del hombre que lo seguía a pocos metros de distancia. Al poco, una mano fuerte y robusta se posó en su hombro. El señor Bloom alzó los ojos y su mirada se cruzó con la de un mendigo con un cuello grueso como el de un toro y la ropa mugrienta de grasa y hollín.

—Perdone, señor Bloom —dijo el desconocido—. Pero yo creo saber dónde está su hija.

—¿Y usted quién es?

—Solo le pido un favor: no vuelva a casa por nada del mundo.

El cielo rugió sobre sus cabezas.

—¿Lo ve? Se está acercando una tormenta. Y cuando hay tormenta es mejor quedarse tranquilos.

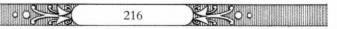

—Pero ¿se puede saber qué está diciendo?

—Estoy diciendo que saben quién es usted y dónde vive. —Le guiñó un ojo—. Pero por suerte nosotros sabemos también quiénes son ellos y dónde viven. Estamos empatados, ¿entiende? A condición de que usted, ahora, no vuelva a casa. Le están esperando.

Al señor Bloom el corazón le latía atropelladamente.

—¿Podría saber quién es usted?

—Me llamo Black Vulcano, señor Bloom. Encantado de conocerlo.

Capítulo 25
BRAZOS *que* MUEREN

Una pequeña hoguera crepitaba en el centro de la plaza de Arcadia, levantando hacia lo alto chispas incandescentes. A su alrededor había cuatro figuras sentadas, en cuyos rostros bailaban sombras y luces rojas.

—Hace mucho que no hablas con nadie, ¿verdad? —le preguntó Anna a la mujer que había encendido el fuego.

Última asintió.

—¿Y es por eso por lo que no te fías de nosotros?

La mujer asintió nuevamente con la cabeza. Estaba tostando unas mazorcas que después iba pasando a los chicos.

—No es cuestión de fiarse o no fiarse —respondió Última—. Creo que se me ha olvidado cómo se habla con las personas.

Una mazorca voló por encima del fuego, acabando directamente entre las rodillas de Jason.

—¡Uau! Gracias —dijo el chico.

—¿Dónde se han ido todos los demás? —preguntó Anna.

Última no contestó enseguida. Permanecía cabizbaja, con la mirada dirigida hacia las llamas.

—Muchos se fueron por el camino por el que habéis llegado vosotros. Otros… otros intentaron seguir otro camino, pero…

—¿Pero…?

—Pero no lo consiguieron. Y no han vuelto.

—¿Qué quieres decir?

La mujer se ensombreció aún más.

—No tengo muchas ganas de hablar de ello. No ahora.

—Es extraño que este lugar se llame el Pueblo que Muere… —dijo entonces Anna—, cuando es un lugar en el que no existen las enfermedades.

La mujer asintió.

—Es verdad. Pero quizá no existen las enfermedades porque tampoco hay nadie que se pueda poner enfermo.

—¿Hace ruido un árbol que cae en un bosque donde no hay nadie que pueda oírlo? —preguntó Jason, levantando su mazorca. Después, al ver que Rick lo miraba con una expresión extraña, explicó—: Es lo mismo, ¿no? Era una cita zen.

Última permaneció en silencio unos instantes. A continuación dijo:

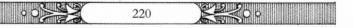

—El agua es la culpable de la lenta destrucción del pueblo. La roca sobre la que está construido se está desmoronado… y se cae a pedazos día tras día. Por eso muchos se han ido. Otros han envejecido y han muerto aquí, o bien… o bien han elegido otro camino… y se han quedado atrapados dentro.

—¿Atrapados dentro?

—Os lo enseñaré. Os lo prometo. Pero ahora no, si no os importa.

—Oh, claro… —mintió Jason, muerto de curiosidad—. Podemos esperar.

—Morice Moreau fue uno de los últimos viajeros que llegó hasta aquí. Se quedó en Arcadia un tiempo para hacer sus dibujos. Recuerdo que me hizo muchas preguntas a las que no supe responder. Después me dejó su libreta diciéndome que lo buscara a través de aquellas páginas, porque me ayudaría a… acabar… En fin…

De nuevo, la conversación de Última parecía haber llegado a un punto concreto de la historia que a ella no le gustaba afrontar.

Se quedaron en silencio, esperando las mazorcas.

—¿Puedo hacerte una pregunta? —dijo Anna.

—Claro.

—¿Tú cómo me veías en el marco de la libreta? —murmuró la chica—. Para mí eras una mujer en fuga.

Última apoyó la barbilla en las manos y esbozó una sonrisa.

—Es extraño… en realidad yo no he huido nunca. Al contrario, creo que he sido la única que no lo ha hecho. —Sacudió la cabeza y añadió—: De todas formas… yo te veía como una chica que me miraba… y que llevaba una llave en la mano.

—¿Una llave?

—Exacto.

—Un momento… —dijo Jason en voz alta.

Puso la mochila delante de él y la abrió. Sacó la llave con el bisbita y se la enseñó a Última.

—¿Una llave como esta? —preguntó.

Última pareció turbarse al ver la llave, pero negó con la cabeza.

—Era parecida, sí, pero no era esa.

—¿Era como esta? —preguntó a su vez Rick, mostrando la llave con el erizo.

Una vez más, ella negó con la cabeza. Los ojos de la mujer brillaban, pero sus labios no pronunciaron respuesta alguna.

—¿Dónde habéis encontrado esas llaves? —preguntó.

—Nos llegaron por correo —respondió Jason.

—Y le llegaron por correo también a la persona que las tenía antes que nosotros.

—¿Has oído hablar alguna vez de Ulysses Moore?

Última negó con la cabeza, lentamente.

—¿Y de la Puerta del Tiempo? —preguntó Rick.

—¿Qué has dicho? —preguntó la mujer.

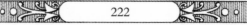

—La Puerta del Tiempo. ¿Has oído hablar alguna vez de la Puerta del Tiempo?

Última, ahora, los miraba nerviosa.

—Quizá… ha llegado la hora de enseñaros lo que os he prometido. —Se puso de pie—. Venid conmigo.

Sin decir nada más, echó a andar por el prado. Sus pies descalzos se movían livianos sobre la hierba, como si no tuviera peso. Los chicos la siguieron. Por encima de sus cabezas se abría la bóveda celeste, constelada de minúsculas estrellas. Los cuatro caminaban veloces entre las sombras de los edificios, los árboles y las columnas sofocadas por las plantas trepadoras.

Ninguno se atrevía a hablar.

Se detuvieron ante un extraño edificio de forma circular, que recordaba el baptisterio de una iglesia o el caparazón de una enorme tortuga. Encima del portal había un friso con un adorno difícil de interpretar sin la luz del sol.

—Está ahí dentro —explicó Última indicando la entrada.

—¿Qué? ¿O quién? —preguntó Jason con apenas un hilo de voz.

Última movió la cabeza.

—Se fueron por allí… —respondió—. Y no volvieron.

Anna tragó saliva con dificultad. No le gustaba aquel lugar. Y no le gustaba entrar allí de noche.

Jason buscó a Rick con la mirada y, cuando el amigo pelirrojo asintió, se acercó al umbral de aquel extraño edificio.

—¿Podemos entrar? —preguntó.

—Yo no entro —respondió Última, con un extraño brillo en los ojos.

—¿Por qué?

—Tengo miedo.

—Pero… —Jason indicó el umbral negro del edificio—. ¿Qué hay ahí dentro?

—Entra y lo verás por ti mismo.

A Anna le pareció oír un ruido. Se dio la vuelta y, a lo lejos, vislumbró las brasas rojizas de la hoguera en torno a la cual habían comido.

Parpadeó, confusa.

Le había parecido ver dos sombras que corrían por el prado, junto a las brasas.

Capítulo 26
La LLAVE *del* CUERVO

Jason y Rick traspasaron el umbral.

Fue como entrar en una iglesia abandonada. El suelo de piedra era irregular y la bóveda del edificio estaba subdividida en cuatro ventanas por las cuales se filtraban cuatro haces de luz plateada.

El interior estaba completamente desnudo. Las paredes de piedra no tenían decoración alguna. Viejas herramientas de metal —picos, horcas, viguetas, ganchos y lamas—, devoradas ya por el óxido, estaban apoyadas contra las paredes, inútiles e inservibles. El único elemento arquitectónico presente en aquella cámara era una puerta de color marfil, que parecía hecha enteramente de hueso. La puerta estaba decorada de manera extraña, con una complicada incisión: diez

círculos unidos entre sí por un determinado número de líneas. La incisión había sido grabada en el hueso con un punzón, que había astillado buena parte de la hoja de la puerta. La puerta estaba sujeta a la pared de piedra con dos viejas bisagras. La cerradura de metal era enorme y estaba toscamente forjada.

—¿Estás pensando lo mismo que yo? —le preguntó Jason a su amigo.

—Es… es una Puerta del Tiempo.

—¿Crees que es una de nuestras puertas?

—Algo parecido, sí, pero… —Titubeó—. Pero… no sé, Jason… Esta me parece… que tiene algo raro.

Cuando se acercaron, Jason y Rick tuvieron la extraña sensación de que la puerta había sido simplemente… «iniciada», pero estaba sin terminar. Era como si lo que tenían delante fuera el esqueleto de una Puerta del Tiempo, pero no la puerta completa.

Miraron a su alrededor. Había trozos de madera esparcidos por el suelo, además de cepillos de carpintero y herramientas para labrarla y lijarla. Era como si todo hubiera permanecido exactamente como era hacía ya muchísimo tiempo.

Oyeron un ruido y vieron a Anna y Última de pie en el umbral, sin acabar de decidirse a entrar.

—¿Todo bien? —preguntó Anna—. Quizá sea mejor que nos vayamos de aquí…

—Solo un momento —respondieron los dos chicos al unísono.

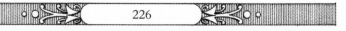

Jason puso la mano en la puerta de marfil y sintió su gélido contacto. Examinó la incisión. Cada uno de los círculos estaba unido a todos los demás con una línea y se distinguía de los otros por una letra o un símbolo, que no se podía leer.

—¿Y si estos fueran los lugares que conecta la Puerta del Tiempo? —le susurró a Rick—. Un círculo: un lugar. Y las líneas… serían los caminos para llegar hasta ellos.

—Diez lugares, entonces —contó Rick.

—Diez —admitió Jason. Tocó uno al azar y dijo—: Este podría ser, por ejemplo, Kilmore Cove.

—Venecia.

—Tierra de Punt.

—El Jardín del Preste Juan.

Se detuvieron. No habían ido nunca a los otros lugares. Al menos, no todavía.

¿Posible? Se intercambiaron una mirada y miraron de nuevo la puerta, intentando entender cuál era el significado de la incisión.

Oyeron un grito ahogado y se dieron la vuelta. Anna los miraba con los ojos abiertos de par en par. Tenía algo en la mano.

—¿Qué pasa?

—Última me acaba de dar una cosa —respondió la chica.

Cuando los chicos llegaron al umbral, Última había desaparecido.

—¿Adónde ha ido? —preguntó Jason.

—No lo sé. Ha dicho que algo no funcionaba.

—¿Qué significa?

—¡No lo sé! —dijo casi gritando Anna—. Hemos oído un ruido… —Levantó una mano para enseñarles algo que le había dejado la mujer—. Me ha dicho que a lo mejor tengo que abrirla yo…

—Abrir ¿qué?

Anna tenía en la mano una llave con un cuervo.

Se oyó un trueno lejano. Los chicos intercambiaron una larga mirada.

—Yo no sé si puedo… —susurró Anna.

La llave del cuervo pasó lentamente de las manos de Anna a las de Jason y Rick. Finalmente volvió a la chica.

—¿Qué queréis que haga?

—Intenta abrir la puerta.

—¿Y luego?

La **puerta** de **marfil**

Pirineos ❦ *Francia*

Capítulo 27
El **SEÑOR** *de los* **RAYOS**

El gemelo de rizos se dirigió ágilmente hacia el bosque, hasta llegar al límite del prado.

—¿Qué ves? —murmuró el gemelo rubio detrás de él.

—Los rescoldos de una hoguera, nada más.

—¿Estás seguro?

—Sí. Estoy seguro.

Fueron de un edificio a otro, sin hacer ruido. Después, apoyados en un viejo muro en ruinas, se consultaron rápidamente sobre lo que había que hacer.

—He visto cuatro personas. Los tres chicos y una mujer. Estaban comiendo.

—Mazorcas.

Al gemelo de rizos le sonó el estómago.

—No sabía que te gustaran las mazorcas de maíz.

—Yo tampoco —admitió el hermano—. Pero después de todo lo que hemos pasado, de aquella cascada… y de la escalada final… creo que podría comerme cualquier cosa.

—Siempre que nos la ofrezcan.

—Siempre que logremos decidir qué hacer.

El gemelo de rizos le propinó unos buenos puñetazos al teléfono móvil antes de guardarlo en el bolsillo.

—¡Lo acabo de comprar y ya no funciona!

—Habrá sido el agua.

—No sé qué ha sido. Y no quiero saberlo.

Su hermano se asomó para mirar al otro lado del muro.

—¿Qué hacen?

—No lo sé. Han dejado las mochilas y se han ido. Ya no los veo. Espera… ahí están. En un edificio redondo, allí abajo.

El cielo rugió de nuevo.

—Tormenta a la vista —observó el de rizos.

—Mejor para nosotros —comentó su hermano.

—¿Por qué?

El gemelo de rizos sacudió en el aire el paraguas, del que no se separaba nunca.

—Una buena tormenta de rayos podría ser lo que nos hace falta, ¿no crees? Mira a tu alrededor: árboles y más árboles. Prenderán fuego en un segundo.

—Qué pena que estemos también nosotros en medio.

—Podemos plantar el pararrayos en la cima del campanario. Después buscamos un refugio seguro y…

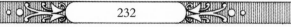

—Pim, pam, pum ¡fuego!

—Exacto: ¡fuego! El señor Voynich estará orgulloso de nosotros. Haya lo que haya aquí, no quedará más que un montón de cenizas.

—Y un montón de problemas menos.

—Eso seguro.

Los hermanos Tijeras se deslizaron a lo largo del muro en busca de otro lugar resguardado desde donde observar mejor a los chicos y a la mujer. Encontraron un edificio derruido y entraron.

—Esta sí que es una sorpresa... —murmuró el gemelo de rizos cuando sus ojos se acostumbraron a la oscuridad—. Mira cuántas cosas abandonadas.

En la habitación en la que se habían refugiado había decenas y decenas de objetos: viejos vestidos, joyas, utensilios.

—Debieron de salir corriendo como alma que lleva el diablo para abandonar aquí todas estas cosas, ¿no crees?

Cogió un collar de perlas y se lo pasó entre los dedos.

—Eh, ¿qué ha sido eso? —dijo el gemelo de rizos.

—¿Qué?

—¿No has oído un ruido?

—No me parec...

Última apareció de repente ante ellos.

Al gemelo de rizos se le cayó el collar de perlas del susto.

—¿Se puede saber qué están haciendo ustedes aquí? —preguntó la mujer, alzando la voz para hacerse oír por encima del estruendo de un trueno.

Anna avanzó acompañada de Jason y Rick hasta la puerta de marfil. Acercó la llave del cuervo a la cerradura, la introdujo y abrió.

¡Clac! hizo la puerta, entreabriéndose.

—Ay, madre… —murmuró la chica—. Se ha abierto.

A través de una rendija, la puerta blanca dejaba entrever una porción negrísima de oscuridad.

Mientras tanto, la lluvia había empezado a caer delicadamente sobre los edificios del Pueblo que Muere. Al principio llovía mansamente, como una caricia. Y al poco la lluvia arreció. Lejos, aunque aproximándose cada vez más, se empezaron a oír los primeros truenos.

—¿Vosotros veis algo ahí dentro? —preguntó Rick, asomándose por encima del hombro de Anna.

Nada. Oscuridad. Solo oscuridad.

—Yo propongo cerrarla y volver a abrirla mañana —dijo Anna—. Cuando sea de día.

¡PUM!, hizo un trueno. Un rayo debía de haber caído a poca distancia. El destello de luz iluminó por un instante toda la estancia y el ruido fue tan ensordecedor que les pitaron los oídos.

Anna se refugió entre los brazos de Jason, que seguía mirando dentro de la puerta de marfil.

—Es solo una tormenta… —dijo el chico—. Dame la mano.

—¿Qué quieres hacer?

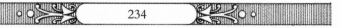

Jason cogió la mano de Anna y se acercó a tientas a la puerta de marfil. La abrió lo suficiente para pasar y se sumió lentamente en la oscuridad, hundiéndose poco a poco como en un líquido.

—¿Jason? ¿Ves algo? —le preguntó Anna.

—Nada —respondió él. Su mano era fuerte y transmitía seguridad—. Pero hay un pasadizo. Solo un paso más.

—Jason… —dijo Anna—. Tengo miedo…

Jason dio un paso y otro más.

En ese momento, la puerta solo sobresalía la mano que sujetaba la de Anna. Rick le cogió la otra y le sonrió.

—Al final me estoy acostumbrando a sujetaros.

—Hay agua —explicó Jason, hablando desde la oscuridad—. Agua y… un ruido de olas.

Era imposible que se oyera un ruido de olas. Estaban en la cima de una montaña, en medio de los Pirineos.

—Y veo también luces… como… antorchas… —añadió Jason—. Sí, son antorchas. ¡Antorchas lejanas!

¡PUM!

Un segundo rayo, aún más cercano que el anterior, pareció iluminar de lleno el pueblo en el que se encontraban. Toda la montaña se estremeció y en el aire se difundió el olor acre del ozono.

En el instante de luz que blanqueó todos y cada uno de los detalles, Anna perdió por completo el contacto con la mano de Jason.

—¡Jason! —gritó.

Una violentísima corriente de aire cerró de golpe, como una boca, la gran puerta de marfil. Rick tiró con fuerza de Anna para impedir que la puerta le aplastara el brazo.

—¡Vuelve a abirla! ¡Vuelve a abrirla enseguida con la llave! —le ordenó.

Anna giró de nuevo la llave en la cerradura y abrió la puerta de par en par.

Rick lanzó un suspiro de alivio: temía que, como todas las demás Puertas del Tiempo, no se hubiera podido volver a abrir hasta que la persona que había entrado por ella no hubiera vuelto atrás.

—Jas… —exclamó, cuando vio que había una figura al otro lado de la puerta.

El suspiro de alivio y el nombre de su amigo se ahogaron en su garganta.

Porque la figura que se encontraba al otro lado de la puerta medía por lo menos dos metros de altura.

CONTINUARÁ

ÍNDICE

Si queréis entrar en Villa Argo
y descubrir todos sus misterios, visitad la página

www.ulyssesmoore.es

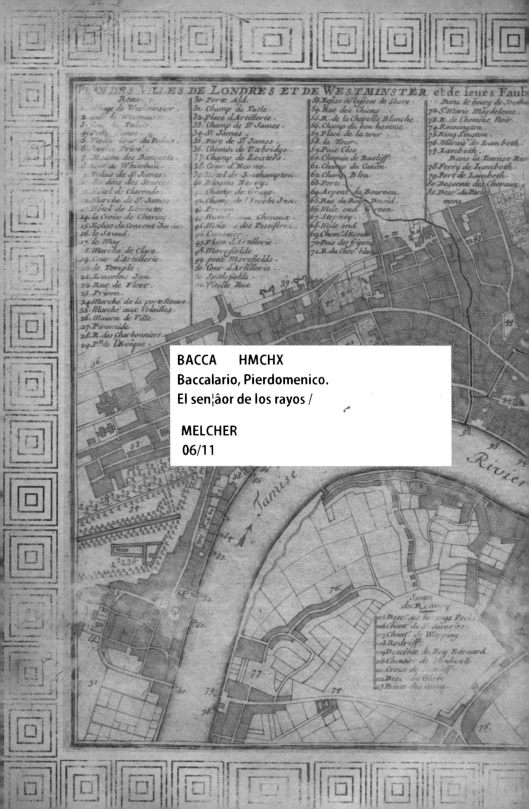